苏轼词20讲

黄玉峰　王召强○主编
耿　荣○编

上海科学技术文献出版社
Shanghai Scientific and Technological Literature Press

图书在版编目（CIP）数据

苏轼词二十讲 / 耿荣编．—上海：上海科学技术文献出版社，2021

（中学生整本读经典丛书）

ISBN 978-7-5439-8245-1

Ⅰ．①苏…　Ⅱ．①耿…　Ⅲ．①宋词—选集　Ⅳ．①I222.844

中国版本图书馆 CIP 数据核字（2020）第 260763 号

策划编辑：张　树
责任编辑：苏密娅
封面设计：留白文化

苏轼词二十讲
SUSHI CI ERSHI JIANG
黄玉峰　王召强　主编　耿　荣　编
出版发行：上海科学技术文献出版社
地　　址：上海市长乐路 746 号
邮政编码：200040
经　　销：全国新华书店
印　　刷：常熟市人民印刷有限公司
开　　本：720mm × 1000mm　1/16
印　　张：6.5
字　　数：102 000
版　　次：2021 年 1 月第 1 版　2021 年 1 月第 1 次印刷
书　　号：ISBN 978-7-5439-8245-1
定　　价：25.00 元
http://www.sstlp.com

目录

第一讲　赏月中秋

水调歌头·明月几时有

丙辰中秋，欢饮达旦，大醉，作此篇，兼怀子由。

明月几时有？把酒问青天。不知天上宫阙，今夕是何年。我欲乘风归去，又恐琼楼玉宇，高处不胜寒。起舞弄清影，何似在人间。

转朱阁，低绮户，照无眠。不应有恨，何事长向别时圆？人有悲欢离合，月有阴晴圆缺，此事古难全。但愿人长久，千里共婵娟。

解说

《水调歌头·明月几时有》是宋代大文学家苏轼于宋神宗熙宁九年（公元1076）中秋在密州时所作。

这首词以月起兴，与弟苏辙七年未见之情为基础，围绕中秋明月展开想象和思考，把人世间的悲欢离合之情纳入对宇宙人生的哲理性追寻之中，反映了作者复杂而又矛盾的思想感情，又表现出作者热爱生活与积极向上的乐观精神。词作上片反映执着人生，下片表现善处人生。落笔潇洒，舒卷自如，情与景融，境与思偕，思想深刻而境界高逸，充满哲理，是苏轼词的典范之作。

注释

水调歌头：词牌名。

丙辰：熙宁九年（1076）。

达旦：至早晨；到清晨。

子由：苏轼的弟弟苏辙的字。

把酒：端起酒杯。把，执、持。

天上宫阙：指月中宫殿。阙，古代城墙后的石台。

何：几。

归去：回到天上去。

琼楼玉宇：美玉砌成的楼宇，指想象中的仙宫。

不胜（shèng）：经受不住。胜，承担、承受。

弄清影：意思是月光下的身影也跟着做出各种舞姿。弄，玩弄。

何似:哪里比得上。

转朱阁,低绮(qǐ)户,照无眠:月儿转过朱红色的楼阁,低低地挂在雕花的窗户上,照着没有睡意的人(指诗人自己)。朱阁,朱红的华丽楼阁。绮户,雕饰华丽的门窗。

不应有恨,何事长(cháng)向别时圆:(月儿)不该(对人们)有什么怨恨吧,为什么偏在人们分离时圆呢?何事,为什么。

千里共婵娟:虽然相隔千里,也能一起欣赏这同一个美好的月光。共,一起欣赏。婵娟指月亮。

翻译

丙辰年的中秋节,高兴地喝酒直到第二天早晨,喝到大醉,写了这首词,同时思念弟弟苏辙。

明月从什么时候才开始出现的?我端起酒杯遥问苍天。不知道在天上的宫殿,现在是何年何月。我想要乘御清风回到天上,又恐怕在美玉砌成的楼宇,受不住高耸九天的寒冷。翩翩起舞玩赏着月下清影,哪像是在人间。

月亮转过朱红色的楼阁,低低地挂在雕花的窗户上,照着没有睡意的我。明月不该对人们有什么怨恨,为什么偏偏在人们离别时才圆呢?人有悲欢离合的变迁,月有阴晴圆缺的转换,这种事自古来难以周全。只希望这世上所有人都能平安健康,即使相隔千里,也能和亲人共享这美好的月光。

诵读点拨

此词是北宋神宗熙宁九年(1076)中秋望月怀人之作,表达了词人对胞弟苏辙的无限怀念。词人运用形象描绘手法,勾勒出一种皓月当空、亲人千里、孤高旷远的境界氛围,反衬自己遗世独立的意绪,和往昔的神话传说融合一处,在月的阴晴圆缺当中,渗进浓厚的哲学意味,可以说是一首自然和社会高度契合的感喟作品。

词前小序说:"丙辰中秋,欢饮达旦,大醉,作此篇,兼怀子由。"丙辰,是北宋神宗熙宁九年。苏轼在密州(今山东诸城)做太守,中秋之夜他一边赏月一边饮酒,直到天亮,于是作了这首《水调歌头》。

此词上片望月,既怀逸兴壮思,高接混茫,而又脚踏实地,自具雅量高致。词一开始就提出一个问题:明月是从什么时候开始有的——"明月几时有?把酒问青天。”其问之痴迷、想之逸尘，确实是有一种类似的精、气、神贯注在里面。苏轼此词正如小序中所言是中秋望月，欢饮达旦后的狂想之曲，属“伫兴之作”（王国维《人间词话》）。苏轼此词作于丙辰年，时因反对王安石新法而自请外任密州。既有对朝廷政局的强烈关注，又有期望重返汴京的复杂心情，故时逢中秋，一饮而醉，意兴在阑珊中饶有律动。

苏轼把青天当作自己的朋友，把酒相问，显示了他豪放的性格和不凡的气魄。“明月几时有？”这个问题好像是在追溯明月的起源、宇宙的起源；又好像是在惊叹造化的巧妙，可以从中感受到诗人对明月的赞美与向往。

接下来两句：“不知天上宫阙，今夕是何年。”把对于明月的赞美与向往之情更推进了一层。诗人想象那一定是一个好日子，所以月才这样圆、这样亮。他很想去看一看，所以接着说：“我欲乘风归去，又恐琼楼玉宇，高处不胜寒。”唐人称李白为“谪仙”，黄庭坚则称苏轼与李白为“两谪仙”，苏轼自己也设想前生是月中人，因而起“乘风归去”之想。他想乘风飞向月宫，又怕那里的琼楼玉宇太高了，受不住那儿的寒冷。从苏轼的思想看来，他受道家的影响较深，抱着超然物外的生活态度，又喜欢道教的养生之术，所以常有出世登仙的想法。他的《前赤壁赋》描写月下泛舟时那种飘飘欲仙的感觉时说：“浩浩乎如冯虚御风，而不知其所止；飘飘乎如遗世独立，羽化而登仙。”也是由望月而想到登仙，可以和这首词互相印证。词人之所以有这种脱离人世、超越自然的奇想，一方面来自他对宇宙奥秘的好奇，另一方面是来自对现实人间的不满。人世间有如此多的不称心、不满意之事，迫使词人幻想摆脱这烦恼人世，到琼楼玉宇中去过逍遥自在的神仙生活。苏轼后来贬官到黄州，时时有类似的奇想，所谓“小舟从此逝，江海寄余生”。然而，在词中这仅仅是一种打算，未及展开，便被另一种相反的思想打断：“又恐琼楼玉宇，高处不胜寒。”这两句急转直下，天上的“琼楼玉宇”虽然富丽堂皇，美好非凡，但那里高寒难耐，不可久居。词人故意找出天上的美中不足，来坚定自己留在人间的决心。一正一反，更表露出词人对人间生活的热爱。同时，这里依然在写中秋月景，读者可以体会到月亮的美好，以及月光的寒气逼人。这一转折，写出词人既留恋人间又向往天上的矛盾心理。这种矛盾能够更深刻地说明词人留恋人世、热爱生活的思想感情，显示了词人开阔的心胸与超远的志向。

但苏轼毕竟更热爱人间的生活，“起舞弄清影，何似在人间!”与其飞往高寒的月宫，还不如留在人间趁着月光起舞呢！“清影”，是指月光之下自己清朗的身影。“起舞弄清影”，是与自己的清影为伴，一起舞蹈嬉戏的意思。李白《月下独酌》说：“我歌月徘徊，我舞影零乱。”苏轼的“起舞弄清影”就是从这里脱胎出来的。“高处不胜寒”并非作者不愿归去的根本原因，“起舞弄清影，何似在人间”才是根本之所在。与其飞往高寒的月宫，还不如留在人间，在月光下起舞，最起码还可以与自己的清影为伴。这首词从幻想上天写起，写到这里又回到热爱人间的感情上来。从“我欲”到“又恐”至“何似”的心理转折开阖中，展示了苏轼波澜起伏的情感。他终于从幻觉回到现实，在出世与入世的矛盾纠葛中，入世思想最终占了上风。“何似在人间”是毫无疑问的肯定，雄健的笔力显示了情感的强烈。

下片怀人，即兼怀子由，由中秋的圆月联想到人间的离别，同时感念人生的离合无常。“转朱阁，低绮户，照无眠。”这里既指自己怀念弟弟的深情，又可以泛指那些中秋佳节因不能与亲人团圆以至难以入眠的一切离人。“无眠”泛指那些因为不能和亲人团圆而感到忧伤，以致不能入睡的人。词人无理地埋怨明月说：“明月您总不该有什么怨恨吧，为什么老是在人们离别的时候才圆呢?”相形之下，更加重了离人的愁苦。这是埋怨明月故意与人为难，给人增添忧愁，无理的语气进一步衬托出词人思念胞弟的手足深情，又含蓄地表示了对于不幸的离人们的同情。

接着，诗人把笔锋一转，说出了一番宽慰的话来为明月开脱：“人固然有悲欢离合，月也有阴晴圆缺。她有被乌云遮住的时候，有亏损残缺的时候，她也有她的遗憾，自古以来世上就难有十全十美的事。”这三句从人到月、从古到今做了高度的概括。从语气上，好像是代明月回答前面的提问；从结构上，又是推开一层，从人、月对立过渡到人、月融合。为月亮开脱，实质上还是为了强调对人事的达观，同时寄托对未来的希望。因为，月有圆时，人也有相聚之时。很有哲理意味。

词的最后说：“但愿人长久，千里共婵娟。”“婵娟”是美好的样子，这里指嫦娥，也就是代指明月。“共婵娟”就是共明月的意思，典故出自南朝谢庄的《月赋》：“隔千里兮共明月。”既然人间的离别是难免的，那么只要亲人长久健在，即使远隔千里也还可以通过普照世界的明月把两地联系起来，把彼此的心沟通在一起。“但愿人长久”，是要突破时间的局限；“千里共婵娟”，是要打通空间的阻隔。让对于明月共同的爱把彼此分离的人结合在一起。古人有“神交”的说法，要好的朋友天各一方，不能见面，却能以精神相通。“千里共婵娟”也可以说是一种神交了，这两句并非一般的自慰和共勉，而是表现了作者处理时间、空间以及人生这样一些重大问题所持的态度，充分显示出词人精神境界的丰富博大。王勃有两句诗：“海内存知己，天涯若比邻。”意味深长，传为佳句，与“千里共婵娟”有异曲同工之妙。另外，张九龄的《望月怀远》说：“海上生明月，天涯共此时。”许浑的《秋霁寄远》说：“唯应待明月，千里与君同。”都可以互相参看。但愿人人年年平安，相隔千里也能共享美好的月光，表达了作者的祝福和对亲人的思念，表现了作者旷达的态度和乐观的精神。苏轼就是把前人的诗意化用到自己的作品中，熔铸成一种普遍性的情感。正如词前小序所说，这首词表达了对弟弟苏辙（字子由）的怀念之情，但并不限于此。可以说这首词是苏轼在中秋之夜，对一切经受着离别之苦的人表达的美好祝愿。

名家品词集

蔡絛：歌者袁绹，乃天宝之李龟年也。宣和间，供奉九重。尝为吾言：“东坡公昔与客游金山，适中秋夕，天宇四垂，一碧无际，加江流澒涌，俄月色如画，遂共登金山山顶之妙高峰，命绹歌其水调歌头曰：‘明月何时有？把酒问青天。’歌罢，坡为起舞而顾问曰：‘此便是神仙矣！’吾谓：‘文章人物，诚千载一时，后世安所得乎？’”

胡仔：先君尝云：坡词“低绮户”，尝云“窥绮户”。二字既改，其词益佳。中秋词，自东坡水调歌头一出，余词俱废。

李冶：东坡水调歌头：“我欲乘风归去，只恐琼楼玉宇，高处不胜寒。起舞弄清影，何似在人间？”一时词手，多用此格。如鲁直云：“我欲穿花寻路，直入白云深处，浩气展虹霓。只恐花深里，红露湿人衣。”盖效东坡语也。近世闲闲老赵秉文亦云：“我欲骑鲸归去，只恐神仙官府，嫌我醉时真。笑拍群仙手，几度梦中身？”

玩味苏词趣

1. 吟诵秘籍

水调歌头·明月几时有

丙辰中秋，欢饮达旦，大醉，作此篇，兼怀子由。

（○平声　●仄声　⊙可平可仄　△平韵　▲仄韵）

明月几时有，把酒问青天。不知天上宫阙，今夕是何年？

⊙●●○●，⊙●●○△。⊙○⊙●○⊙，⊙●●○△。

我欲乘风归去，又恐琼楼玉宇，高处不胜寒。起舞弄清影，何似在人间！

⊙●○○⊙●，⊙●○○⊙●，⊙●●○△。⊙●●○●，⊙●●○△。

转朱阁，低绮户，照无眠。不应有恨，何事长向别时圆？

⊙⊙⊙，⊙⊙●，●○△。⊙○⊙●，○⊙○●●○△。

人有悲欢离合，月有阴晴圆缺，此事古难全。但愿人长久，千里共婵娟。

⊙●○○⊙●，⊙●○○⊙●，⊙●●○△。⊙●⊙○●，⊙●●○△。

这首词的韵脚是阙、去、缺、娟，这些字要吟得短促有力。眠和合二字要吟得长。

2. 字句对碰

（1）《水调歌头·明月几时有》上阕中自问自答的诗句是？

____

（2）把酒问天的诗人和文学家还有很多，请列举一二？

____

3. 我问你答

“我欲乘风归去，又恐琼楼玉宇，高处不胜寒。”中的有哪几个词写出词人既留恋人间又向往天上的矛盾心理，显示了词人开阔的心胸与超远的志向，为歌词带来一种旷达的作风？（　　）

A.“我欲”和“又恐”

B.“又恐”和“不胜”

C.“不胜”和“我欲”

4. 诗词运用

请根据提示，把下面的诗句填写完整。

（　　）朱阁，（　　）绮户，（　　）无眠。

5. 诗词游戏

请用“月”字集诗句。

____

6. 读词写文

最后一句“但愿人长久，千里共婵娟”，作者寄予深刻含义和美好期望，请联系自己对生活的体验，写一段对这句词的理解或体会。

____

第二讲　咏梅状物

西江月·梅花

玉骨那愁瘴雾，冰姿自有仙风。海仙时遣探芳丛。倒挂绿毛幺凤。

素面翻嫌粉涴，洗妆不褪唇红。高情已逐晓云空。不与梨花同梦。

解说

《西江月·梅花》一词写于绍圣三年（1096）十月，是苏轼被贬岭南惠州时所写的一首作品，其目的是为了悼念自己的侍妾朝云。

上片赞扬岭南梅花懒理瘴雾、傲立枝头的节气，以此来歌颂朝云不顾危险，愿与词人一同来到岭南的深情；下片则大力描绘了梅花的姿态美好，借此来暗赞朝云的容貌艳丽，进而表达了自己对于她不离不弃，一直守护在自己身旁的感谢，点出了悼亡的主旨。

全词借咏梅怀人，清新脱俗，表情含蓄，实为其婉约词中的佳作。

注释

冰姿：淡雅的姿态。

仙风：神仙的风致。

芳丛：丛生的繁花。

绿毛幺凤：岭南的一种珍禽，似鹦鹉。

涴（wò）：沾污，弄脏。

唇红：喻红色的梅花。

高情：高隐超然物外之情。

翻译

梅花玉洁冰清的风骨是自然的，哪里会去理会那些瘴雾，它自有一种仙人的风度。海上之仙人时不时派遣人来探视芬芳的花丛，那使者便是倒挂着绿羽装点的凤儿。

梅花的素色面容施铅粉还怕弄脏，就算雨雪洗去妆色也不会褪去红叶那朱唇样的红色。高尚的情操已经追随向晓云的天空而成空无，就不会像王昌龄那样做梨花云的梦了。

诵读点拨

绍圣元年(1094)，苏轼被贬惠州，朝云毫不犹豫，跟随他前往。但在第三个年头，便因南方的瘴气太重，染上恶疾而逝世。当时的她，年仅三十四岁。《西江月·梅花》一词便作于那年十月，表面上是在叹咏梅花的高洁品质以及脱俗的风貌，但实际上是苏轼在悼念自己的侍妾朝云。

上片开首便对惠州梅花在瘴疠之中盎然生长的品格进行了赞扬，认为它拥有冰清玉洁的风骨以及神仙般的风度，才敢选择在如此恶劣的环境中栖身。而它这种仙姿和风韵也引起了海仙的注意，常常派遣那绿毛小鸟前来探望。

在这段文字中，我们可以看到，苏轼毫不掩饰地赞美梅花的高风亮节，又幻想了海仙这一角色，进一步佐证其风姿绰约，超凡脱俗。寥寥数语，却可窥见词人对于梅花的喜爱之强烈，奠定了全词的情感基调。

下片开始详写梅花的容貌。岭南的白梅无须用铅粉来妆饰其天然洁白的容貌，若是涂脂抹粉，反盖住了它原有的风韵。而即使花朵凋零，花叶之红仍不会褪去，可谓是极尽妍丽。花美如此，苏轼却无心欣赏，另有所思："高情已逐晓云空，不与梨花同梦。"在这句话中，"晓"即"朝"也，虽未明言，但细品之下，便可发现，朝云之名。这里，表面上是在说"梅花的高尚情操已经随着云彩飘去，我今后不会再做梨花云的梦了"，事实上，是在说朝云已经离开了"我"的身边，"我"已无法再感知她那高洁的品行，从今以后，"我"可能也无法再梦到她了。其悲其痛，令人动容。

苏轼对于朝云可谓用情至深。他在绍圣二年也曾为其写过一词，名为《殢人娇·赠朝云》，意在于端午到来之际，祝她身体安康。但未曾想到，仅过一年，二人便天人永隔。

当然，所有的感情都是相互的，朝云对苏轼的深情我们也可从词中找到踪迹。开首"玉骨那愁瘴雾，冰姿自有仙风"二句，便暗含着朝云的深情，在词人仕途不顺，被贬至瘴气弥漫之地的情况下，她也甘愿追随，不离不弃。这样一位美好的佳人，就如此离世，怎能不让人感到悲伤？

这首咏梅词情谊深厚，意蕴深远。在词中，词人既运用拟人的手法，来表现花之风韵、容貌，又借花来赞人，无论是写人，还是写花，皆十分精妙。

名家品词集

陈鹄：晁氏云："东坡有妾，名曰朝云、榴花，朝云死于岭外，东坡尝作《西江月》一阕，寓意于梅，所谓'高情已逐晓云空'是也。惟榴花独存，故其词多及之，观'浮花浪蕊都尽，伴君幽独'可见其意矣。"

杨慎：古今梅词，以东坡此首为第一。

俞陛云：《冷斋夜话》谓东坡在惠州作《梅花》时，时侍儿名朝云者，新亡，"其寓意为朝云作也"。

玩味苏词趣

1. 吟诵秘籍

西江月·梅花

（○平声　●仄声　⊙可平可仄　△平韵　▲仄韵）

玉骨那愁瘴雾，冰姿自有仙风。海仙时遣探芳丛。倒挂绿毛幺凤。

⊙●⊙○○●，⊙●⊙●○△。⊙○⊙●●○△。⊙●○○⊙▲。

素面翻嫌粉涴，洗妆不褪唇红。高情已逐晓云空。不与梨花同梦。

⊙●⊙○○●，⊙○⊙●○△。⊙○⊙●●○△。⊙●○○⊙▲。

这首词的韵脚是风、风、红、空、梦，这些字吟诵要长读，雾、涴是仄声字，要吟得短促有力。

2. 字句对碰

（1）《西江月·梅花》上阕描写惠州梅花的风姿、神韵别开生面的句子是：

______

（2）词中运用了典故的是哪一句子？

______

3. 我问你答

"高情已逐晓云空。不与梨花同梦。"中的有哪些词语能彰显作者借咏梅来抒发自己的哀伤之情？（　　）

A. 高情和晓云

B. 晓云和梨花

C. 晓云空和不与……同梦

4. 诗词运用

请根据提示，把下面的诗句填写完整。

素面(　　)粉涴，洗妆(　　)唇红。

5. 诗词游戏

请用“离”字集诗句。

6. 读词写文

浙江西部山区有夏腊梅，每到四五月旋即开放，花朵美丽，极为珍稀。

请照图描写一段夏腊梅的文字。

可参考例文：

大明山的夏腊梅与冬天的腊梅一样，黄色的花蕊，白里透红的花瓣，远远地就闻见淡淡的幽香，沁人心脾。初夏时节，你徜徉在漫山花海中时，必定会为大自然的造物主所折服。

第三讲　冒雨吟啸

定风波·莫听穿林打叶声

三月七日，沙湖道中遇雨。雨具先去，同行皆狼狈，余独不觉。已而遂晴，故作此词。

莫听穿林打叶声，何妨吟啸且徐行。竹杖芒鞋轻胜马，谁怕？一蓑烟雨任平生。料峭春风吹酒醒，微冷，山头斜照却相迎。回首向来萧瑟处，归去，也无风雨也无晴。

解说

本篇作于元丰五年(1082)，全词从急雨写到晴朗，表现了苏轼坦然自若，履险如夷的生活态度，也表达了雨晴面前不喜不惧的超越宠辱的人生哲学。

这种从自然晴雨中引发的人生哲学，实际上是东坡居士历经仕途风云后的内省和了悟的结果。

注释

定风波：词牌名。

沙湖：地名，在今湖北黄冈东南三十里，又名螺丝店。

吟啸：放声吟咏。

芒鞋：草鞋。

一蓑烟雨任平生：披着蓑衣在风雨里过一辈子也处之泰然。

也无风雨也无晴：既不怕雨，也不喜晴。

翻译

三月七日，在沙湖道上赶上了下雨，拿着雨具的仆人先前离开了，同行的人都觉得很狼狈，只有我不这么觉得。过了一会儿天晴了，就作了这首词。

不用注意那穿林打叶的雨声，不妨一边吟咏长啸，一边悠然地行走。竹杖和草鞋轻捷得胜过骑马，有什么可怕的？一身蓑衣任凭风吹雨打，照样过我的一生。

春风微凉，将我的酒意吹醒，寒意初上，山头初晴的斜阳却应时相迎。回头望一眼走过来遇到风雨的地方，回去吧，对我来说，既无所谓风雨，也无所谓天晴。

诵读点拨

元丰五年(1082)三月五日，词人在沙湖游玩。三月七日，忽逢大雨，因为作者和同行的人都没有带雨具，同行之人皆觉狼狈。

雨过天晴，作者触景生情，联想到自己坎坷的人生，加之遇见的大雨，写下了这首词。

此时，正值词人被贬黄州的第三个春天。首句“莫听穿林打叶声”，一方面渲染出雨骤风狂，另一方面又以“莫听”二字点明外物不足萦怀之意。“何妨吟啸且徐行”，是前一句的延伸。在雨中照常舒徐行步，呼应小序中“同行皆狼狈，余独不觉”，又引出下文“谁怕”，即不怕风雨来。“何妨”二字透出一点俏皮，更增加挑战色彩。首两句是全篇枢纽，以下词情都是由此生发。

“竹杖芒鞋轻胜马”，写词人竹杖芒鞋，顶风冲雨，从容前行，以“轻胜马”的自我感受，传达出一种搏击风雨、笑傲人生的轻松、喜悦和豪迈之情。“一蓑烟雨任平生”，此句更进一步，由眼前风雨推及整个人生，有力地强化了作者面对人生的风风雨雨而我行我素、不畏坎坷的超然情怀。

以上数句，表现出词人旷达超逸的胸襟，全词充满清旷豪放之气，寄寓着独到的人生感悟，读来使人耳目为之一新，心胸为之舒阔。

结尾“回首向来萧瑟处，归去，也无风雨也无晴。”这句饱含人生哲理意味的点睛之笔，道出了词人在大自然微妙的一瞬所获得的顿悟和启示：自然界的雨晴既属寻常，毫无差别，社会人生中的政治风云、荣辱得失又何足挂齿？句中“萧瑟”二字，意谓风雨之声，与上片“穿林打叶声”相应和。“风雨”二字，一语双关，既指野外途中所遇风雨，又暗指几乎致他于死地的政治“风雨”和人生险途。

纵观全词，一种醒醉全无、无喜无悲、胜败两忘的人生哲学和处世态度呈现在读者面前。“也无风雨也无晴”，是一种宠辱不惊、胜败两忘、旷达潇洒的境界，是一种无我的境界，也是一种回归自然，天人合一，宁静超然的大彻大悟。

名家品词集

刘永济：东坡时在黄州，此词乃写途中遇雨之事。中途遇雨，事极寻常，东坡却能于此寻常事故中写出其平生学养。上半阕可见作者修养有素，履险如夷，不为忧患所摇动之精神。下半阕则显示其对于人生经验之深刻体会，而表现出忧、乐两忘之胸怀。盖有学养之人，随时随地，皆能表现其精神。东坡一生在政治上之遭遇，极为波动，时而内召，时而外用，时而位置于清要之地，时而放逐于边远之区，然而思想行为不因此而有所改变，反而愈遭挫折，愈见刚强，挫折愈大，声誉愈高。此非可幸致者，必平日有修养，临事能坚定，然后可得此效果也。

玩味苏词趣

1. 吟诵秘籍

定风波·莫听穿林打叶声

（○平声　●仄声　⊙可平可仄　△平韵　▲仄韵）

莫听穿林打叶声，何妨吟啸且徐行。竹杖芒鞋轻胜马，谁怕？一蓑烟雨任平生。

⊙●○○●●△，⊙○⊙●●○△。⊙●⊙○○●▲，○▲？⊙○⊙●●○△。

料峭春风吹酒醒，微冷，山头斜照却相迎。回首向来萧瑟处，归去，也无风雨也无晴。

⊙●⊙○○●▲，○▲，⊙○⊙●●○△。⊙●⊙○○●▲，○▲，⊙○⊙●●○△。

这首词的韵脚是声、行、生、醒、迎、晴，这些字吟诵要长读，怕、冷是入声字，要吟得短促。

2. 词语对碰

《定风波·莫听穿林打叶声》上阕中有力地强化了作者面对人生的风风雨雨而我行我素、不畏坎坷的超然情怀的词语是？

____

3. 我问你答

“回首向来萧瑟处。”中的“向来”和下面哪句中的意思一样？（　　）

A. 我自横刀**向**天笑，去留肝胆两昆仑。

B. 夜发青溪**向**三峡，思君不见下渝州。

C. **向**来江上手纷纷，三日成功事出群。

4. 诗词运用

请根据提示，把下面的诗句填写完整。

(　　)穿林打叶声。(　　)吟啸且徐行。竹杖芒鞋轻胜马。(　　　　)。一蓑烟雨(　　　)。

(　　)春风吹酒醒。微冷。山头斜照却(　　)。回首向来(　　)处。归去。也无(　　)也(　　)。

5. 诗词游戏

请用“雨”集诗句。

____

6. 读词写文

随行苏轼的童子都被雨淋湿了，很狼狈，如果你是其中一位，请你用一段话写写你的感受吧。

____

____

____

____

____

____

____

____

____

____

____

____

第四讲　归隐学陶

江城子·梦中了了醉中醒

陶渊明以正月五日游斜川，临流班坐，顾瞻南阜，爱曾城之独秀，乃作斜川诗，至今使人想见其处。元丰壬戌之春，余躬耕于东坡，筑雪堂居之，南挹四望亭之后丘，西控北山之微泉，慨然而叹，此亦斜川之游也。乃作长短句，以《江城子》歌之。

梦中了了醉中醒。只渊明，是前生。走遍人间，依旧却躬耕。昨夜东坡春雨足，乌鹊喜，报新晴。

雪堂西畔暗泉鸣。北山倾，小溪横。南望亭丘，孤秀耸曾城。都是斜川当日景，吾老矣，寄余龄。

解说

宋神宗元丰三年(1080)二月，因“乌台诗案”，苏轼被贬至黄州(今湖北黄冈)，时年四十五岁。到达黄州后的苏轼，暂居定慧院三个月，后迁居临皋亭。次年，通过朋友申请到了荒田进行耕种，来补贴生活。这片田地位于黄州东部，苏轼在其中亲自耕种，并为其取名“东坡”，自号“东坡居士”。下雪期间，苏轼又在东坡之上建造了雪堂，来作为游玩休憩之所。从其中看到的初春美景，在苏轼眼里，便如陶渊明笔下的斜川一般，也正是在这种感受的驱使下，苏轼在元丰五年(1082)的三月，写下了《江城子·梦中了了醉中醒》一词。

全词以写景为主，夜间滋润万物的春雨、清晨报晴的喜鹊、鸣泉小溪、北山、亭台、丘壑，让词人觉得这就是斜川，而自己就是陶渊明，自己也应像他一样，归隐田园。苏轼在词中融入了说理、写景和言志三种手法，表达了自己对于陶渊明的喜爱与仰慕，同时展现了自己随遇而安、乐而忘忧的旷达襟怀。整个作品平淡中透露着豪放，充满恬静闲适而又粗犷的田园趣味。

注释

江城子：词牌名，又名“江神子”“村意远”。

班坐：依次列坐。

南阜(fù)：南山，指庐山。

曾城：山名，在江西星子县西五里，一名乌石山。

斜川诗：指陶渊明《游斜川》诗。

挹（yì）：通“抑”，抑制。

前生：先出生，此有前辈之意。

躬耕：亲自耕种。

倾：斜，此就山体形成的斜坡而言。

翻译

陶渊明在正月五日的时候在斜川游玩，和朋友一起对着溪流依次落座，他们往上望着南阜，陶渊明因喜欢曾城的超越出众，就写了一首斜川诗。这首诗到现在都让人想要看到他所处的地方究竟是什么样，令人心驰神往。元丰壬戌的春天，我亲自在东坡耕种，建了一座雪堂，居住在里面。这里向南牵引着四望亭的后山丘，西边又连着北山的微泉，看着这样的美景，我不禁慨然赞叹，这也是斜川游玩的所在啊。于是我写了一首长短句，用《江城子》这一曲调来歌唱它。

在世俗沉沉的醉梦里了悟人生真谛，算起来也只有陶渊明，是我跨越时空的知音。尝尽世态炎凉，宦海浮沉，回归田园依旧躬身耕耘。欣逢昨夜春雨如甘霖，把我的东坡田园滋润，更有喜鹊报喜来，晴暖气象新。

最爱听雪堂西畔一道幽泉的潺潺；最爱看北山倾斜的身姿，还有小溪横流在山前；南望亭台丘壑，错落有致，四望亭的后丘耸立高山巅；这山水田园像是当年斜川再现。叹一声自己年老了，就此度过余生。

诵读点拨

苏轼曾写下多篇“和陶诗”来与陶渊明进行超越时空的对话，可见其对于渊明的喜爱与崇拜。而在《江城子·梦中了了醉中醒》一词中，更是直接就说陶渊明是自己的前生，奠定了全词的情感基调。

开篇“梦中了了醉中醒”一句突然起笔，略显突兀，但是却将词人的状态全然展现在了读者的面前，此时的苏轼刚从醉梦之中醒来，且在醉酒的情况下，领悟了人生的真谛。陶渊明曾说：“我一个人闲居在家，少有欢乐，再加上长夜漫漫，偶然有好酒，就每晚都喝上一些，一个人顾影独酌，不知不觉就又醉了。”可见，对于陶渊明来说，他喜欢喝酒并非是因为酒的味道，而是喝酒给他带来的快乐让他着迷，正所谓“酒不醉人人自醉”，醉倒他的不是酒，而是自己的情绪。苏轼也曾在《和陶饮酒二十首》的序文中写道：“吾饮酒至少，常以把盏为乐，往往颓然坐睡。人见其醉，而吾中了然，盖莫能名其为醉为醒也。”此两句意为：“我喝酒很少，但常常把拿着酒杯作为我的乐趣，往往就是坐在椅子上便不知不觉地睡着了。其他人看到我如此颓然，都觉得我喝醉了，其实我心中明白，这样的我，不能说是醉了，也不能说是没醉。”以“把盏”为乐，而不以“饮酒”为目的，陶、苏二人在喝酒时的心情，应是相同的，二人在酒后的状态应也是相似的。

而“走遍人间，依旧却躬耕”一句所述的情况，与陶渊明的命运有所重合，却又有所不同。陶渊明的归隐是主动的，他因不满当时的政治情况，而选择了远离官场，回归田园。苏轼的“躬耕”却是被动的，他因被贬而居于黄州，因生活需要而开荒种地。一个“走遍”，一个“依旧”，两相对比，内里的辛酸可想而知。但苏轼并没有因此而灰心，他仍抱着旷达乐观的态度面对生活。以“春雨足，乌鹊喜，报新晴”三个短句，将初春时的勃勃生机在读者面前展开，也将前句中的无奈与失意一下击散。

词的下阕顺势围绕着东坡雪堂的景象展开叙述。叮咚作响的鸣泉，倾斜的北山，山前横流的小溪，错落有致的亭台丘壑还有耸立的山峰，无论是从视觉上，还是听觉上，都给人带来了美的享受，身处其中，心旷神怡。正如苏轼在《雪堂问潘邠老》所说的：“余之此堂，追其远者近之，收其近者内之，求之眉睫之间，是有八荒之趣。”

在描绘完恬静舒适的田园风光后，词人又以“都是斜川当日景”来进行小结，与上阕的“只渊明，是前生”相互照应。苏轼心慕渊明，认为自己就是他，所以觉得自己此时眼前之景，也就是他当日在斜川游玩时所看到的景物，同时在此基础上发出来更为深沉的感叹——“吾老矣，寄余龄”。

陶渊明弃官归田时为四十一岁，之后一直在田野之间，享受耕作之乐，未再出仕。词中提到的“斜川游”是他在五十岁时进行的一次游玩。而苏轼在写词时，已经四十七岁了，在东坡亲自耕种的他，与陶渊明当时的境况似乎一般无二。因此，他也开始想，自己是不是也会像陶渊明一样，以这样的状态，过完自己的一生。那时的北宋政局还是由变法派把持，虽说王安石已罢政数年，但章惇、蔡确等后期变法派仍在朝堂上活跃着，政治生活黑暗，苏轼能够再次受到重用，东山再起的可能性极小，所以他产生了远离官场纷争，就此隐居田园的想法。而这便是苏轼于梦中所得之感悟。虽说如此，苏轼之后还是关注着政局的变化，在神宗去世后不久，他又被哲宗皇帝起用，满怀热情，重新投入到治理国家的事业之中。

综上，我们可以看出这首词乃是词人兴致所至，随心写成的作品，没有过多的、刻意的安排，但是由于苏轼心中早有了成熟的构思，所以他在创作时，虽未刻意追求工整，展现出来的作品却还是十分工整的状态。从写作顺序来看，句句都是环环相扣，形成了一个完整的圆，将词人想表达的情感包围其中。

这首词中，写景的笔墨虽多，但还是以抒发自己的情感为主，同时透露出他与外部环境作斗争的方式。政敌们使用手段将其贬至黄州，生活困顿，那他便自己播种耕种，自食其力并从中感到怡然自得，将自己比作淡泊名利、于田野中获得自由快乐的陶渊明，使得对方无计可施。

名家品词集

郑文焯：读东坡先生词，于气韵格律，并有悟到空灵妙境，匪可以词家目之，亦不得不目为词家。世每谓其以诗入词，岂知言哉！董文敏论画曰："同能不如独诣。"吾于坡仙词亦云。

玩味苏词趣

1. 吟诵秘籍

江城子·梦中了了醉中醒

（○平声　●仄声　⊙可平可仄　△平韵　▲仄韵）

陶渊明以正月五日游斜川，临流班坐，顾瞻南阜，爱曾城之独秀，乃作斜川诗，至今使人想见其处。元丰壬戌之春，余躬耕于东坡，筑雪堂居之，南挹四望亭之后丘，西控北山之微泉，慨然而叹，此亦斜川之游也。乃作长短句，以《江城子》歌之。

梦中了了醉中醒。只渊明，是前生。走遍人间，依旧却躬耕。昨夜东坡春雨足，乌鹊喜，报新晴。

⊙○⊙●●○△。●○△，●○△。⊙●○○，⊙●●○△。⊙●⊙○○●●，○●●，●○△。

雪堂西畔暗泉鸣。北山倾，小溪横。南望亭丘，孤秀耸曾城。都是斜川当日景，吾老矣，寄余龄。

⊙○⊙●●○△。●○△，●○△。⊙●○○，⊙●●○△。⊙●⊙○○●●，○●●，●○△。

这首词的韵脚是醒、明、生、耕、晴、鸣、倾、横、城、龄。在朗诵时，这些字要吟得轻而长。

2. 字词对碰

（1）词中描绘东坡之景的句子是哪一句？

（2）词中与《游斜川》一诗中所写的“开岁倏五十，吾生行归休”一句相似的句子是哪一句？

3. 我问你答

以下哪一个称呼不是指陶渊明？（　　）

A. 陶潜　　B. 陶元亮　　C. 靖节先生　　D. 四柳先生

4. 诗词运用

请根据提示，把下面的诗句填写完整。

昨夜东坡春雨（　　），乌鹊（　　），（　　）新晴。

5. 诗词游戏

请用“雨”字集诗句。

6. 读词写文

“和陶诗”占据了苏轼诗歌作品中几乎二十分之一，请你选择一首，说说你对它的理解。

第五讲　与民忧喜

蝶恋花·密州上元

灯火钱塘三五夜，明月如霜，照见人如画。帐底吹笙香吐麝，更无一点尘随马。

寂寞山城人老也！击鼓吹箫，乍入农桑社。火冷灯稀霜露下，昏昏雪意云垂野。

解说

这首词写于熙宁八年(1075)，是苏轼在密州经历的第一个元宵节。此时的他，刚从杭州通判转任密州知州，回想起杭州的元宵佳节，再观眼前的元宵之景，有感而发，写下此词。

词的上片着重描绘了杭州上元节的热闹与繁华，而下片则书写了密州元宵的冷清。二者置于一处，形成了鲜明的对比，其落寞可想而知。但是此词不仅在于表达其孤独失落，更有苏轼对于国计民生的忧虑。密州的清冷，更是由于当地受灾所致，作为官员的他，又怎能在此佳节快乐开怀。

全词随心而发，运用对比、反衬等手法，将词人当时的境遇和心情全然表达了出来。

注释

密州：今山东诸城。

钱塘：此处代指杭州城。

三五夜：即每月十五日夜，此处指元宵节。

“照见”句：形容杭州城元宵节繁华、热闹的景象。

帐：此处指富贵人家元宵节时在堂前悬挂的帏帐。

香吐麝：意谓富贵人家的帐底吹出一阵阵的麝香气。麝，即麝香，名贵的香料。

“更无”句：说的是江南气清土润，行马无尘。唐人苏味道《上元》诗：“暗尘随马去，明月逐人来。”

山城：此处指密州。

“击鼓”句：形容密州的元宵节远没有杭州的元宵节热闹，只有在农家社稷时才有鼓箫乐曲。社，农村节日祭祀活动。

“昏昏”句：意谓密州的元宵节十分清冷，不仅没有笙箫，连灯火也没有，只有云垂旷野，意浓浓。垂，靠近。

翻译

杭州城的元宵夜，明月好似霜，照得人好似一幅画。帐底吹笙，燃香的香气好似麝香，更无一点尘土随着马而去。

寂寞的密州城里人们都老了，他们沿街击鼓吹箫而行，最后转到农桑社祭祀土地神。灯火清冷稀少，霜露降下，阴暗昏沉的乌云笼罩着大地，要下雪了。

诵读点拨

熙宁八月的苏轼刚从杭州转任密州，在杭州整整三年的他，对于当地的元宵之景有着非常深刻的印象。故而，虽说这首词的题记为“密州上元”，但他还是从杭州城的元宵节开始写起。他抓住了杭州与密州两地在元宵节时的天气、风俗以及景象的不同，进行对比，流露出了他对于杭州生活的怀念以及初到密州的落寞。

苏轼以“灯火钱塘三五夜”开头，“钱塘”也就是“杭州”，“三五夜”在这里则是指“正月十五元宵节”，而“灯火”二字，则将杭城元宵夜灯火辉煌的特点表现了出来。词人通过短短七个字，便将读者带入了他所设置的场景之中。

接着，词人又说月光如同地上的白霜一般皎洁，与灯光交织在一起，引得人们皆来游赏。在宋代时，元宵节是个很重要的节日。那一天，不论男女，都会盛装打扮，前去灯会赏灯游玩。富贵达官之家，也会出行赏灯，他们与街上的普通游人相比，又是不同的排场。“帐底吹笙香吐麝”一句，可以说将他们出行的奢华描写得淋漓尽致。而随后的“更无一点尘随马”，则是化用了苏味道所写的“暗尘随马去，明月逐人来”，将游人流动的动态之感展现了出来。同时“更无一点尘”，也凸显了江南水乡气候湿润的特点。

以上几句，细致地描绘了杭州上元灯会的热闹繁华之景。灯、月、人三者交织在一起，使得读者无论是在视觉上和声音上，都得到了享受。

而词的下片，写的是密州的上元之景。一句“寂寞山城人老也”一下将人从上片所营造的愉悦欢快的氛围中拉了出来，情绪直转急下，孤独与悲凉涌上心头。城是“山城”，人是“老人”，情是“寂寞”，与上片游人如织、灯火辉煌的情景，形成了鲜明的对比，无须刻意描绘，便将元宵佳节的情景下，密州城的清冷显现了出来。而末句的“火冷灯稀霜露下，昏昏雪意云垂野”则进一步刻画了密州的灯火零星、气候寒冷，营造了一种空旷苍凉的环境。而在这种环境中，好不容易听到的鼓乐鸣奏之声，却也不是为了庆祝节日，而是为了祭祀，为了祈求来年能有个好收成。密州的百姓不比杭州的人们衣食无忧，他们的庄稼连年遭受蝗灾和旱灾，农作物的种植情况并不乐观。所以，苏轼不仅是为没有感受到元宵节的氛围而感伤，更是为当地的经济情况而忧虑，为让百姓过上好的生活而烦心。因此，最后一句“昏昏雪意云垂野”，表面上造成了一种压迫、忧郁的感受，实际上，是词人的一种希望——“瑞雪兆丰年”。

这首词表面是写元宵节的所见、所闻、所感，实际上暗含着苏轼与百姓同喜同忧的情感。杭州的热闹，百姓的富足，令他欢喜；密州的冷清，百姓的挣扎，令他忧心，确是一首“有境界”之作。

玩味苏词趣

1. 吟诵秘籍

蝶恋花·密州上元

（○平声　●仄声　⊙可平可仄　△平韵　▲仄韵）

灯火钱塘三五夜，明月如霜，照见人如画。帐底吹笙香吐麝，更无一点尘随马。

⊙●⊙○○●▲，⊙●○○，⊙●○○▲。⊙●⊙○○●▲，⊙●⊙●○○▲。

寂寞山城人老也！击鼓吹箫，乍入农桑社。火冷灯稀霜露下，昏昏雪意云垂野。

⊙●⊙○○●▲！⊙●○○，⊙●○○▲。⊙●⊙○○●▲，⊙●⊙●○○▲。

这首词的韵脚是夜、画、麝、马、也、社和野。这些字在吟诵时，应吟得短促有力。

2. 字句对碰

（1）词中哪两句话具体描绘了密州元宵节的清冷景象？

（2）宋词中，写元宵灯会的作品不少，你知道的还有哪些？

3. 我问你答

词题为“密州上元”，但是苏轼却专门用了一段来写“钱塘上元”，这样写，似乎与文题不符。你认为“钱塘上元”之景是否可以删去？为什么？

4. 诗词运用

请根据提示，把下面的诗句填写完整。

灯火钱塘三五（　　），明月如（　　），（　　）见人如画。

5. 诗词游戏

请用“霜”字集诗句。

6. 读词写文

读完此词，感受到杭州与密州元宵节如此巨大的差别，请你说一说，如果你是苏轼，你会想些什么？又会做些什么？

第六讲　醉归江边

临江仙·夜饮东坡醒复醉

夜归临皋

夜饮东坡醒复醉，归来仿佛三更。家童鼻息已雷鸣。敲门都不应，倚杖听江声。

长恨此身非我有，何时忘却营营。夜阑风静縠纹平。小舟从此逝，江海寄余生。

解说

《临江仙·夜饮东坡醒复醉》写于宋神宗元丰五年(1082)九月，也就是苏轼被贬黄州的第三年。那时的苏轼虽说在仕途上经历了很大的挫折，但是他并没有因此而消沉，转而从大自然中寻找慰藉，感悟人生的哲理。这首词就是在这样的背景之下创作而成的。

上片叙事，讲述自己在东坡雪堂中醉酒晚归的故事。下片抒怀。词人回忆过往，想到自己在官场上受到的排挤与委屈，感到失落至极。宦海半生沉浮，却落得如此下场。不如归隐江湖，做个闲人。

整首词写景、叙事、抒情、议论皆有涉及，且自然地融合在了一起，手法高超，格调超群，具有苏轼的典型特点。

注释

临江仙：词牌名。

东坡：在湖北黄冈县东。苏轼谪贬黄州时，友人马正卿助其垦辟的游息之所，筑雪堂五间。位于黄州之东，原是几十亩荒地，苏轼被贬黄州后，加以开垦耕种，又在此筑“雪堂”作为游息之所，并自号“东坡居士”。

临皋：位于黄州南面的长江边，苏轼的居所在此。

身非我有：语出《庄子·知北游》，意谓自身的命运自己无法掌握。

縠纹：指风平浪静，水纹细密，犹如绉纱一般。縠，绉纱。

余：一作馀。

翻译

夜里在东坡饮酒，醉而复醒，醒了又饮。归来时好像已经是夜半三更了。家童鼾声如雷，反复叫门也不应。只好拄杖伫立江边聆听江水奔流的声音。

悔恨身在宦途，这身子已不是我自己所有。什么时候才能够忘却追逐功名？夜深风静，水波不兴。真想乘上小船从此消逝，在烟波江湖中了却余生。

诵读点拨

《临江仙·夜饮东坡醒复醉》一词，融写景、叙事、抒情、议论等手法为一体，写作技巧可谓精妙。

全词先从叙事开始，向读者讲述自己在东坡雪堂与朋友一同开怀畅饮，直至深夜的事情。他们一同醉了又醒，醒了又醉，不知如此反复了多少次，当他回到临皋的家门前时，整个人的精神状态朦朦胧胧的，完全不知道那时是什么时辰，仿佛是三更，好像又不止。这样的一个时间猜测，生动形象地表现出了其醉眼迷离的状态，也与上文所说的“醉复醒”“醒复醉”相照应。

既然苏轼已经到达寓所，便欲进门休息。可是家童已经鼾声如雷，完全听不到他的敲门声，家中的其他人也已熟睡，他无计可施，只得站在江边，谛听那江水流动之声。

这个故事看似是一个深夜醉酒的醉汉被家人关在门外的有趣故事，但细细研读，便可看到苏轼骨子里透出来的旷达和随性。他饮酒致醉，醉了又醒，醒了又喝，肆意洒脱；对于他而言，时间并不能拘束他做自己想做的事情，无论是三更还是四更，都无不可；深夜回家敲门，没有人应答，也无所谓，那便听听江声，吹吹江风。无事能令他忧、令他恼，随遇而安，率性而为。

上片除了叙事之外，还暗含着环境描写。深夜归家，夜深人静，所以家童的鼾声才能从门内传到门外，被晚归的词人清晰地听到；也正是因为四周的安静，才能使被关门外的他能够悠闲地站在江边，细听流水之声。以有声显无声，将夜之深、夜之静全然凸显了出来。

故事的结尾也留给了人们无尽的想象。“倚仗听江声”的这位潇洒之人，在这深夜之中，究竟会想些什么呢？是为名利所扰？是为生活所困？我们无从知晓，但是也不必为此感到遗憾，在下片之中，词人便自己出马，来为我们揭晓谜底了。

从来源来看，“长恨此身非我有，何时忘却营营”二句极富哲理。第一句乃是化用了《庄子·知北游》中的“汝生非汝有也”一句，第二句则取自《庄子·庚桑楚》中的“全汝形，抱汝生，无使汝思虑营营”。这两句话的本意是人的形体和精神不是人本来就有的，而是天地赋予给你的。做人不要过于贪婪，为了攫取不属于你的事物而周旋忙碌。苏轼在词中化用这两句话，也可以看到他平时为了摆脱内心的苦闷，学习道家的思想，试图寻找解脱之法，是极具个人风格的语言特色。

但从意思来看，这两句话又充斥着苏轼的个人情感。“我经常悔恨自己当初步入仕途，导致生活无法掌控，任人摆布。我什么时候才能放弃对于名利的追逐呢?”这样的说法，实则反映了词人对于自己生活的反思。此时的他，内心极不平静，或是想起了自己坎坷的前半生，心中的愤懑喷涌而出。而所谓的何时能放弃，也就是过去和现在都没有放弃，更是对自己的一种埋怨和不满。

夜深风静，水波不兴，静谧的环境，慢慢抚平了词人的心绪，他也慢慢地被眼前的景物所吸引，与自然融为了一体，产生了“小舟从此逝，江海寄余生”的念头。

从另一方面来看，“夜阑风静縠纹平”可能也并非是单纯写景的句子，由于词人渐渐从醉酒的状态中清醒过来，内心得到了平静，所以看到了如此的夜晚，如此的江面，这是词人内心追求的一种表现。

“小舟从此逝，江海寄余生”，多么洒脱，多么理想，又多么浪漫。这样的诗句，大概只有苏轼这样自由、豁达之人才能写出吧。

苏轼的性情与性格，在这首词中全然体现了出来，是一篇值得品读的佳作。

名家品词集

王文诰：壬戌九月，雪堂夜饮，醉归临皋作。

俞陛云：写江上夜归情景，忽欲扁舟入海，此老胸次，时有绝尘霞举之思。

玩味苏词趣

1. 吟诵秘籍

临江仙·夜饮东坡醒复醉

（○平声 ●仄声 ⊙可平可仄 △平韵 ▲仄韵）

夜归临皋

夜饮东坡醒复醉，归来仿佛三更。家童鼻息已雷鸣。敲门都不应，倚杖听江声。

⊙●⊙○○●●，⊙○⊙●○△。⊙○⊙●●○△。⊙○○●●，⊙●●○△。

长恨此身非我有，何时忘却营营。夜阑风静縠纹平。小舟从此逝，江海寄余生。

⊙●⊙○○●●，⊙○⊙●○△。⊙○⊙●●○△。⊙○○●●，⊙●●○△。

这首词的韵脚为更、鸣、声、营、平和声。在吟诵时，应吟得轻而长。

2. 字句对碰

（1）词中哪一句点明了词人夜饮的地点以及醉酒的程度？

______

（2）词中哪一句表现出了词人想要出世的人生态度？

______

3. 我问你答

苏轼运用了哪些字词将自己纵情豪饮的状态完全表现了出来？（　　）

A. 夜饮；复　　B. 夜饮；三更

C. 复；仿佛　　D. 夜饮；仿佛

4. 诗词运用

请根据提示，把下面的诗句填写完整。

夜阑风静縠纹（　　）。小舟从此（　　），江海（　　）余生。

5. 诗词游戏

请用“夜”字集诗句。

______

6. 读词写文

如果你是苏轼的家人，你会支持他继续在宦海之中沉浮，还是支持他“江海寄余生”？并说明你的理由。

______

______

______

______

______

______

第七讲　伤春怀景

蝶恋花·春景

花褪残红青杏小。燕子飞时，绿水人家绕。枝上柳绵吹又少。天涯何处无芳草！

墙里秋千墙外道。墙外行人，墙里佳人笑。笑渐不闻声渐悄。多情却被无情恼。

解说

《蝶恋花·春景》一词的具体写作时间已不可考，但若以《全宋词》所编写的顺序来看，这首词应写于苏轼被贬密州（今山东诸城）期间。

全词可分为两个部分。上片伤春，下片伤情。在清新婉丽的春景中，透露着哀婉与忧愁。表达含蓄，但情感动人；意境朦胧，但意蕴无穷。

注释

褪：脱去。

小：毛本作“子”。

柳绵：即柳絮。

多情：这里代指墙外的行人。

无情：这里代指墙内的佳人。

翻译

春天将尽，百花凋零，杏树上已经长出了青涩的果实。燕子飞过天空，清澈的河流围绕着村落人家。柳枝上的柳絮已被吹得越来越少，但不要担心，到处都可见茂盛的芳草。

围墙里面，有一位少女正在荡秋千，少女发出动听的笑声，墙外的行人都可听见。慢慢地，围墙里边的笑声就听不见了，行人惘然若失，仿佛多情的自己被无情的少女所伤害。

诵读点拨

苏轼虽说是宋代豪放派的代表人物，但是在婉约词的写作方面，他亦毫不逊色。《蝶恋花·春景》一词与风格婉约的柳永词不相上下。

词的上片描绘了一幅清新秀丽的春景，但又不仅限于景物的描写，景物之外，又富有情理。

上片首句"花褪残红青杏小"，意为暮春时节，百花凋零，落红满地，杏树枝头长出了青涩的果子。此句将花与杏放在一处，形成了两种鲜明的对比。一是色彩上，红花的颜色已经有些褪去，不如昨日之艳丽，而杏子的青色鲜艳至极；二则是生长状态的对比，花儿凋敝，杏子却是新生枝头。一衰老，一蓬勃，两相比较，对比鲜明。对于花的逝去，伤感之情在所难免，但杏子的出现，又使人感到一丝欣喜，淡化了"花褪残红"所营造的惋惜之情。

紧接着，"燕子飞时，绿水人家绕"一句，描绘了一幅动人的春景。燕子在天空中飞过，清澈的河流围绕着村落人家静静地流淌着。有人说，"绕"字应是"晓"，但是通读全词，我们并没有发现任何依据表明这是清晨的景象，所以还是以"绕"字进行解读更为恰当。燕子绕着屋舍而飞，河流绕着村庄而流，美不胜收。虽说春天就要走了，但是"燕子""绿水"构成的美景依旧还在，词人借此想要劝慰自己大可不必因春天的逝去而感到悲伤。可空中日渐变少的柳絮又在提醒着他，春天真的要结束了。

眼下的景色固然还有可取之处，但是花与树都在时时提醒着他，春天又要过去了，人生的一年又过去了，时间一直都在无情地逝去，让人想抓，抓不住；想留，留不了。所以，他将视线又转到了那满地芳草之上——天涯何处无芳草——花落了又如何，柳絮少了又怎样，春草已是无处不在。在伤春的情调中，又开阔了另一番境界。这句话化用了《离骚》中的"何所独无芳草兮，尔何怀乎故宇"，是卜者劝慰屈原不要因离开家乡而感到忧愁，芳草何处都有，正所谓"此心安处是吾乡"，便是此理。年岁渐长，却被贬到遥远之地的苏轼，与那随风飘荡的柳絮何其相似，但是他却仍告诉自己，"天涯何处无芳草"，此种乐观旷达，令人叹服。如今，这句词也被广为流传，是在感情受挫时用于自我安慰的良句。

在上片所描绘的景物中，虽说词人也有意识地加入了一些令人生发欢快之情的景物，但是这其实是他安慰自己的手段，面对暮春之景，他更多的是感到感伤和无奈，也是他当时心境的真实写照。那时的他，被贬在外，远离家乡与亲人，自己所热爱的事业也发展不顺，他感到苦闷惆怅，想要到自然界中去寻求一丝安慰，可景物虽动人，但终美中不足，更引发了他的伤春之情。

既然景物不能抚慰人心，那么便来看看情感是否可以。词的下片转向写人记事，讲述了一个“有趣”的爱情故事。

一位行人从围墙外的路边走过，忽然听到墙内发出了银铃般的笑声。而这悦耳的声音，正是墙内荡秋千的女子所传出的。这声音欢快愉悦，充满着朝气，令这位刚刚为春的逝去而感到忧愁的行人，对这位可爱的女子，顿生好感。但是，行人虽有意，女子却浑然不知，顾自玩耍，在一段时间后，或许是玩累了，回到了自己的房间，笑声消失了，使得行人不禁埋怨她的“无情”。这样的指责，是无端的。可越是无理的指责，便越可看出行人对她的喜爱之深，因笑声不见而产生的失落之大。

虽说写词，最忌讳的就是语词的重复，但是苏轼在这首词中，通过墙的反复出现，营造了两个全然不同的空间。苏轼在词中只字未提佳人的容貌，也未提及行人的神态与动作，可墙内的欢声笑语，朝气蓬勃与墙外形单影只，孤独落寞所形成的对比与反差是极其明显的。墙内是温馨幸福的家，墙外是不知尽头的路。促使行人停下脚步，心生爱慕的，不是其他，正是行人内心那种对于美好事物的渴望。

所谓“多情总被无情恼”，不单单是指爱情，不仅仅局限于对于佳人的埋怨，更包含着词人对于自己身世的感慨，对于家乡的思念，对于新生事物的欣赏以及对于国家的忧虑等等，如此复杂的情感，交织在一处，真可谓“有情”之人。而墙内不知忧愁为何物的佳人，可真谓“无情”。

春景、春人，皆留不住，勾起了词人忧愁感伤的春情。苏轼通过细腻的笔法，将自己面对暮春景象时的心理变化展现在了读者的面前，他想要让自己振奋起来，却最终还是沉浸于悲伤之中。全词读罢，令人叹惋。

名家品词集

魏庆之：予得真本于友人处，“绿水人家绕”作“绿水人家晓”。“多情却被无情恼”，盖行人多情，佳人无情耳。此两字极有理趣，而“绕”与“晓”自霄壤也。

俞彦：古人好词，即一字未易弹，亦未易改。子瞻“绿水人家绕”，别本“绕”作“晓”，为《古今词话》所赏。愚谓“绕”字虽平，然是实境；“晓”字无皈着，试通咏全章便见。

王士祯："枝上柳绵"，恐屯田缘情绮靡，未必能过。孰谓坡但解作"大江东去"耶？髯直是轶伦绝群。

先著、程洪：坡公于有韵之言，多笔走不守之憾。后半手滑，遂不能自由，少一停思，必无此矣。

俞陛云：絮飞花落，每易伤春，此独作旷达语。下阕墙内外之人，干卿底事，殆偶闻秋千笑语，发此妙想，多情而实无情，色是空，公其有悟耶？

玩味苏词趣

1. 吟诵秘籍

蝶恋花·春景

（○平声　●仄声　⊙可平可仄　△平韵　▲仄韵）

花褪残红青杏小。燕子飞时，绿水人家绕。枝上柳绵吹又少。天涯何处无芳草！

⊙●⊙○○●▲。⊙●○○，⊙●○○▲。⊙●⊙○○●▲。⊙●⊙●○○▲！

墙里秋千墙外道。墙外行人，墙里佳人笑。笑渐不闻声渐悄。多情却被无情恼。

⊙●⊙○○●▲。⊙●○○，⊙●○○▲。⊙●⊙○○●▲。⊙●⊙●○○▲。

这首词的韵脚是小、绕、少、草、道、笑、恼，这些字要吟得短促有力。

2. 字句对碰

《蝶恋花·春景》上阕中的"恼"一词的解释是：

______

3. 我问你答

"多情却被无情恼"中的"多情"和"无情"分别指的是？（　　）

A. 多情指的是：行人。无情：这里代指佳人。

B. 多情指的是：墙内的行人。无情：这里代指墙外的佳人。

C. 多情指的是：墙外的行人。无情：这里代指墙内的佳人。

4. 诗词运用

请根据提示，把下面的诗句填写完整。

花褪残红（　　）小。（　　）飞时，（　　）人家绕。枝上（　　）吹又少。（　　）何处无芳草！

5. 诗词游戏

请用“笑”字集诗句。

____

6. 诗词拓展

甲　蝶恋花·春景

花褪残红青杏小。燕子飞时，绿水人家绕。枝上柳绵吹又少。天涯何处无芳草！

墙里秋千墙外道。墙外行人，墙里佳人笑。笑渐不闻声渐悄。多情却被无情恼。

乙　蝶恋花·送春

楼外垂杨千万缕，欲系青春，少住春还去。犹自风前飘柳絮，随春且看归何处？

绿满山川闻杜宇，便作无情，莫也愁人苦。把酒送春春不语，黄昏却下潇潇雨。

(1) 甲乙词作中的“蝶恋花”是（　　　　），“送春”是（　　　　）。

(2) 甲乙两词所描绘的都是暮春的景象，你认为其中所展现出来的情感是否完全相同？并说说你的理由。

____

(3) 甲词的下阕诉说了一场春日的邂逅，请你发挥自己的想象，对这个故事进行扩写。

____

____

____

____

____

____

____

第八讲　托物寄情

卜算子·黄州定慧院寓居作

缺月挂疏桐，漏断人初静。
时见幽人独往来，缥缈孤鸿影。
惊起却回头，有恨无人省。
拣尽寒枝不肯栖，寂寞沙洲冷。

解说

本篇作于元丰三年(1080)，作者初到黄州时。上片写幽人独处无人见。下片写孤鸿寂寞无人省。运用双关手法，幽人孤鸿两两相应。人犹孤鸿，鸿即幽人。

这首词意境清空逸绝，与苏轼被贬谪居时愁闷孤独、清高而不污于世的心境相一致，在词的创作上达到了精妙而高超的艺术境界。

注释

定慧院：一作"定惠院"，在黄冈县东南。苏轼初到黄州的三个月就住在这里。
漏断：一指夜深。漏，古代计时器。
幽人：原指幽囚之人，引申为含冤之人或幽居之人，此处为苏轼自指，切合其贬官身份。
缥缈：高远隐约的样子。
省：了解，知觉。

翻译

残月高挂在稀疏的梧桐上，滴漏声断了，人群开始安静。时常能见幽居之人独自往来徘徊，还有那缥缈高飞的孤雁的身影。

它突然惊起又回首匆匆，心里有恨却无人能懂。它拣遍了寒冷的树枝不肯栖息，却躲到寂寞的沙洲甘愿受苦。

诵读点拨

提及苏轼，我们率先想到的词总是乐观、豪迈、洒脱，但是在他内心之中，实际埋藏着深深的孤独与寂寞。在《卜算子·黄州定慧院寓居作》一词中，苏轼便借着月夜孤鸿这一形象，表达了自己的心声，流露出了自己不愿与世俗同流合污的态度。

全词以“缺月挂疏桐，漏断人初静”开头，勾画一个寂静无声的深夜小院。月为残月，桐是疏桐，寂寥而又没有生机。计时的滴漏此刻已停止了工作，白日里喧闹的人群也归于平静。整个世界仿佛都已进入了梦乡，但是就在这样的深夜里，苏轼还醒着。他走出房门，来到庭院之中，向我们描绘着这小院深夜的景象。

词人在词首便描绘了这样清冷、孤寂的环境，可见，全词的情感基调并非昂扬向上的。

“时见幽人独往来，缥缈孤鸿影”两句，既是对于景物的实际描写，也是词人跳脱于现实之外，站在旁观者的角度描写自己的表现，具有较强的象征意味。他口中所说的独自在月光下徘徊踱步的幽人，与笔下所写的高飞于空中的孤雁，是如此的相似，他们皆无人相伴，独行于这悄无声息的黑夜中，这样的形象不正是词人自己的真实写照吗？他因“乌台诗案”被贬黄州，含冤被囚；他独自一人带领着全家克服生活的挫折与困难，内心苦闷却无人理解。他就是幽人，就是孤鸿。人与鸟的形象，相互对应、重合，也让人不禁思考：这漫步庭中的幽人所怀的心境是否也如这孤鸿之影一样超凡脱俗、孤独高傲。这种将心境具象化的手法，实是巧妙。

下片所述的内容，与其说是对孤鸿动作形态的实写，不如说是词人的一种想象，他将自己与鸿雁视作一个整体，借鸿雁的动作、心理表露自己的内心。

“惊起却回头，有恨无人省”，受惊吓的鸿雁心中的伤痛没有人知道，就如被生活重击的自己无人能懂。词人渴望被人理解，但是他回头四顾，却发现没有人能够理解，知音难觅，孤独而又悲伤。

遭遇过不幸的孤鸿，惊魂不定，“拣尽寒枝不肯栖”，最终落脚于荒凉冰冷的沙洲之上，选择在这样的地方来度过这寒冷的夜晚。而惨遭贬谪的苏轼，则不愿随波逐流，宁愿在黄州这个荒蛮之地“流放”，也不愿“摧眉折腰事权贵”。

苏轼运用拟人的手法来表现鸟，同时也借用鸟来表达自己的内心世界，将情感对象化，这样的手法，可谓十分高超。整个清冷孤寂的氛围也与词人所要表达的情感相适，景、人、情，在这深夜的庭院中，达到了和谐统一。

玩味苏词趣

1. 吟诵秘籍

卜算子·黄州定慧院寓居作

（○平声　●仄声　⊙可平可仄　△平韵　▲仄韵）

缺月挂疏桐，漏断人初静。时见幽人独往来，缥缈孤鸿影。

⊙●●○○，⊙●○○▲。⊙●○○●●○，⊙●○○▲。

惊起却回头，有恨无人省。拣尽寒枝不肯栖，寂寞沙洲冷。

⊙●●○○，⊙●○○▲。⊙●○○●●○，⊙●○○▲。

这首词的韵脚是静、影、省、冷，这些字要吟得短促有力。

2. 字句对碰

《卜算子·黄州定慧院寓居作》上阕中的“幽人”一词的解释是：

---

3. 我问你答

“拣尽寒枝不肯栖，寂寞沙洲冷”中的有哪几个词写出了大雁不肯栖树，以示大雁的高洁？（　　）

A. “拣尽”和“寂寞”

B. “寂寞”和“冷”

C. “冷”和“寒枝”

4. 诗词运用

请根据提示，把下面的诗句填写完整。

惊起（　　）回头，有恨（　　　）省。

拣（　　）寒枝（　　　）栖，寂寞沙洲（　　）。

5. 诗词游戏

请用“影”字集诗句。

---

6. 诗词拓展

甲　卜算子·黄州定慧院寓居作

缺月挂疏桐，漏断人初静。

时见幽人独往来，缥缈孤鸿影。

惊起却回头，有恨无人省。

拣尽寒枝不肯栖，寂寞沙洲冷。

乙　记承天寺夜游

元丰六年十月十二日，夜，解衣欲睡，月色入户，欣然起行。念无与乐者，遂至承天寺寻张怀民。怀民亦未寝，相与步于中庭。庭下如积水空明，水中藻荇交横，盖竹柏影也。何夜无月？何处无竹柏？但少闲人如吾两人者耳。

(1) 甲词作中的“卜算子”是(　　　　　　　　)，“黄州定慧院寓居作”是(　　　　　　　　)。

(2) 乙文中“月色入户”中的“入”解释为：(　　　　　)；“相与步于中庭”中的“相与”解释为：(　　　　　)。

(3) 用现代汉语写出下面句子的意思，注意加点的词。

① 庭下如积水空明，水中藻荇交横，盖竹柏影也。

____

② 惊起却回头，有恨无人省。

____

(4) 乙文没有一处直接写友情，但可以从字里行间看出来。请找出能表现苏轼与张怀民友情的句子(写出两句)，并以其中一句为例，说说你选择它的理由。

能体现友情的句子：______________________________

理由：______________________________

(5) 甲乙文中都提到“幽人”和“闲人”，请思考词中的“幽人”和“闲人”都寄予了作者怎样的情绪？请结合词人的人生经历做合理的解读。

____

____

____

____

____

____

____

____

第九讲　壮怀激烈

念奴娇·赤壁怀古

大江东去，浪淘尽，千古风流人物。故垒西边，人道是，三国周郎赤壁。乱石穿空，惊涛拍岸，卷起千堆雪。江山如画，一时多少豪杰。

遥想公瑾当年，小乔初嫁了，雄姿英发。羽扇纶巾，谈笑间，樯橹灰飞烟灭。故国神游，多情应笑我，早生华发。人生如梦，一尊还酹江月。

解说

《念奴娇·赤壁怀古》是豪放派词作的代表作品之一，是宋代词人苏轼在宋神宗元丰五年(1082)谪居黄州时所写。苏轼被贬黄州，为排解自己心中的苦闷，他开始寄情于山水。那日，来到赤壁(鼻)矶游玩，眼前的壮丽风景令其生发了无限感慨，因此写下此词。

整首词融写景、咏史与抒情为一体，给人带来了震人心魄的力量，被后人誉为"古今绝唱"。上片写景，描绘了万里长江及其两岸的壮美之景；下片怀古，追忆了周瑜当年的英姿，抒发了自己对于祖国的热爱，对于过去拥有机会建立功勋的英雄的羡慕，还有自己的才华无处施展的感慨。

注释

故垒：过去遗留下来的营垒。

周郎：指三国时吴国名将周瑜，字公瑾，少年得志，二十四岁为中郎将，掌管东吴重兵，吴中皆呼其为"周郎"。下文中的"公瑾"，即指周瑜。

雪：比喻浪花。

雄姿英发(fā)：谓周瑜体貌不凡，言谈卓绝。英发，谈吐不凡，见识卓越。

羽扇纶(guān)巾：古代儒将的便装打扮。羽扇，羽毛制成的扇子。纶巾，青丝制成的头巾。

樯橹(qiánglǔ)：这里代指曹操的水军战船。樯，挂帆的桅杆。橹，一种摇船的桨。

一尊还(huán)酹(lèi)江月：古人以酒浇在地上祭奠。这里指洒酒酬月，寄托自己的感情。尊，通"樽"，酒杯。

翻译

大江浩浩荡荡向东流去，滔滔巨浪淘尽千古英雄人物。人们说旧营垒的西边就是三国周瑜鏖战的赤壁。陡峭的石壁直耸云天，如雷的惊涛拍击着江岸，激起的浪花好似卷起千万堆白雪。雄壮的江山奇丽如图画，一时间涌现出多少英雄豪杰。

遥想当年的周瑜春风得意，绝代佳人小乔刚嫁给他，他英姿奋发豪气满怀。周瑜手摇羽扇，头戴纶巾，谈笑之间，强敌的战船烧得灰飞烟灭。我今日神游当年的战地，可笑我多情善感，过早地生出满头白发。人生犹如一场梦，且洒一杯酒祭奠江上的明月。

诵读点拨

苏轼在被贬黄州期间，写下了流传千古的名篇“二赋一词”，“二赋”是《前赤壁赋》和《后赤壁赋》，“一词”就是这篇《念奴娇·赤壁怀古》。

这首词以壮美之景开篇，将具象的、真实可见的滚滚长江与抽象的、无法触摸的历史英雄结合起来，认为是长江将英雄人物所留下的痕迹，全然冲刷抹去，构建了一个极为宽广的时间和空间背景，气势雄浑。同时，也可看到自然力量之强大，即使是那些建立了丰功伟绩的英雄，也不可避免地被抹去了在此活动过的踪迹，引人深思。

之后，词人紧接着“千古风流人物”一句，顺势跟出了“故垒西边，人道是，三国周郎赤壁”，从自然之景，转为了人文之景。“人道是”三字，体现了苏轼用词的准确性，大家都在流传，这是“赤壁之战”所发生的地点，但究竟是与不是，词人并未给出确切的答案。而“周郎赤壁”这一称呼，既与词题相照应，也为下片提及周瑜埋下伏笔，可谓一举两得。

既然来到了赤壁边上，那么其景物究竟如何呢？词人以“乱石穿空”三句展开了具体的描绘。陡峭的石壁直耸云天，如雷的惊涛拍击着江岸，激起的浪花好似卷起的千万堆白雪。从纵向和横向，视觉和听觉的角度，对于赤壁之景进行了描绘，将读者置身于一个立体的、声色俱全的空间之中，来感受陡峭的石壁，湍急的江流，使人心胸开阔，精神振奋。面对此种雄壮之景，怎能不令词人心生感叹：江山如画！随之，他又意识到，在这绮丽的江山之间，一时间涌现过多少的英雄好汉啊！这种转折，看似突然，实则顺理成章。此地本就是传说中赤壁之战的发生地，那么多历史留名的英雄都曾在此出现，为争夺这如画的江山，各显其能，为自己的国家出谋划策，但如今却无迹可寻。这又与首句“大江东去，浪淘尽，千古风流人物”相照应。此外，也为下片的怀古之情作了铺垫。

下片以“遥想公瑾当年”一句开首，通过前五句的描述，塑造了一位年轻有为、意气风发的将领。词人根据周瑜的生平，挑选了“小乔嫁周瑜”与“赤壁之战”两件事情，来体现其人物形象。根据历史来看，这两件事情并非在同一时间发生，它们之间足足相隔了十年时间。而苏轼却有意在“雄姿英发”一句前，加入了“小乔初嫁了”一句，应是为表现其年少有为、风流倜傥而刻意安排的。自古英雄总少不了美人的相伴，帅气、年轻、才能出众，家中又有美娇妻的周瑜，真可谓是人生赢家。同时，将“小乔”与“赤壁之战”置于一处，也使人不禁想到“东风不与周郎便，铜雀春深锁二乔”这一诗句。赤壁之战对于东吴来说，至关重要，若是失败，国本不稳，大小二乔可能真会落入敌人之手，被锁于铜雀台中，暗中营造了战时的一种紧张的氛围。但周瑜在如此重要的战役中，却仍是不动声色的样子。手持羽扇，头戴纶巾，在谈笑风生间，就将敌军全数击败，儒雅而又从容。可见，他对于自己能够赢得这场战役有绝对的自信，战场上即将发生的情况，他都已了然于胸，明白这场战役绝无失败的可能。此处的“樯橹灰飞烟灭”可能具有夸张的成分，但是也确是体现了火攻之计的特点，将曹军的狼狈全然展现了出来。

周瑜在年轻之时已是如此的春风得意，而作者自己呢，却是“早生华发”，自己的理想和抱负还未曾实现，二人之间形成了鲜明的对比，故而词人开始自嘲“多情应笑我”。在这里，词人为凸显自己“多情”这一特质，采用了倒装的句式，“多情应笑我”一句，实际的语言顺序应是“应笑我多情”。韶华已逝，人生是如此的短暂，而自己还是一事无成，可悲，可叹！

“这人世就如同大梦一场，就让我们洒下一杯酒，祭奠这江上的明月！”上句顾影自怜的口吻，在这陡然一变，境界豁然开朗。苏轼又舍弃了对于有限生命的思考与感叹，转而将目光放在了永恒的自然事物之中。“月有阴晴圆缺”，缺了终会圆回来，循环往复，但是人的生命却仅有一个轮回。人生与江月在此处又形成了一个比较，可见苏轼对于永恒不变的事物的向往与追求。

这首词写景又抒情，怀古又伤今，将人们置于壮美的赤壁之下，放于悠悠的历史长河之中，进行思考，从而获得对于生命的感悟与体会，给人一种动人心魄的震撼之感。苏轼曾问友人，这首词与柳永的词相比如何。友人答，柳永之词，适合十七八岁的妙龄女子吟唱，而苏轼这首词应由关西大汉手持铁板放声高歌。此一评价，确实精准。

名家品词集

胡仔：黄州西山麓，斗入江中，石色如丹，传云曹公败处，所谓赤壁者。或曰非也。曹公败归，由华容路，路多泥泞，使老弱先行践之而过，曰："刘备智过人而见事迟，华容夹道皆葭苇，若使纵火，吾无遗类矣。"今赤壁少西对岸即华容镇，庶几是也。然岳州复有华容县，竟不知孰是。今日，李委秀才来，因以小舟载酒，饮于赤壁下。李善吹笛，酒酣，作数弄。风起水涌，大鱼皆出，山上有栖鹘，亦惊起。坐念孟德、公瑾，如昨日耳。

玩味苏词趣

1. 吟诵秘籍

念奴娇·赤壁怀古

（○平声　●仄声　⊙可平可仄　△平韵　▲仄韵）

大江东去，浪淘尽，千古风流人物。故垒西边，人道是，三国周郎赤壁。乱石穿空，惊涛拍岸，卷起千堆雪。江山如画，一时多少豪杰。

●○○●，●○●，○●○○○▲。●●○○，○●●，○●○○●▲。●●○○，○○●●，⊙●○○▲。○○○●，●⊙○●○▲。

遥想公瑾当年，小乔初嫁了，雄姿英发。羽扇纶巾，谈笑间，樯橹灰飞烟灭。故国神游，多情应笑我，早生华发。人生如梦，一尊还酹江月。

⊙●⊙●○○，●○○●●，○○○▲。●●○○，○●●，⊙●○○○▲。●●○○，⊙○⊙●●，●○○▲。⊙○○●，●○○●○▲。

在这首词中，韵脚为物、壁、雪、杰、发、灭、发和月。这些字在吟诵时，应吟得短促有力。

2. 字句对碰

（1）词中的哪句话运用了比喻的手法，写出了江水的汹涌？

（2）词中哪句话直接抒发了苏轼对于人生的感慨？

____

3. 我问你答

下片首句明明遥想的是周瑜当年，却提到了“小乔初嫁了”一句，其作用是什么？

____

4. 诗词运用

请根据提示，把下面的诗句填写完整。

羽扇（　　）巾，谈笑（　　），（　　）樯灰飞烟灭。

5. 诗词游戏

请用“石”字集诗句。

____

6. 词文对碰

请你仔细阅读《前赤壁赋》，将其与《念奴娇·赤壁怀古》一词放在一处进行比较，从描绘的景物、抒发的情感、运用的写作手法等方面，说说二者之间的异同？

____

____

____

____

____

____

____

____

____

____

第十讲　感兴人生

浣溪沙·山下兰芽短浸溪

游蕲水清泉寺，寺临兰溪，溪水西流。

山下兰芽短浸溪，松间沙路净无泥，萧萧暮雨子规啼。

谁道人生无再少？门前流水尚能西！休将白发唱黄鸡。

解说

《浣溪沙·游蕲水清泉寺》是苏轼于宋神宗元丰五年(1082)所写的作品。当时的他，被贬谪黄州，在距离黄州三十里的沙湖购田时，患了疾病。听说麻桥有个医生庞安虽然耳聋，但医术特别高超，他便前去求诊。后来，病好了，二人同往清泉寺游玩。苏轼面对当时的景象，有感而发，写下了这首词。

上片写景。通过兰芽、沙路、暮雨、子规，勾画出了南方三月的景象，画面清新淡雅，自然明丽。下片议论。当作者面对西流的兰溪时，精神昂扬，告诉人们不要因衰老而自怨自艾，青春也可以重新回来，一切皆有可能。整首词反映了词人大病初愈的喜悦，也表现出了词人积极乐观的人生态度。

注释

浣溪沙：词牌名。

蕲(qí)水：县名，位于黄州东，今湖北浠水县。

浸：泡在水中。

萧萧：形容雨声。一作潇潇。

子规：又叫杜宇、杜鹃、催归。它总是朝着北方鸣叫，六七月鸣叫声更甚，昼夜不止，发出的声音极其哀切，犹如盼子回归，所以叫杜鹃啼归，这种鸟也叫子规。

无再少：不能回到少年时代。

白发：老年。

唱黄鸡：感叹时光的流逝，人生不可能长久。

翻译

游玩蕲水的清泉寺，寺庙在兰溪的旁边，溪水向西流淌。

山脚下溪边的兰草才抽出嫩芽，浸泡在溪水之中。松间的沙石小路经过春雨的冲刷，洁净无泥。时值日暮，松林间的布谷鸟在潇潇细雨中啼叫。

谁说人老不会再回年少时光呢？你看看，那门前的流水尚能向西奔流呢！所以，不要在老年感叹时光流逝。

诵读点拨

关于叹咏时间一去不返，青春难再的诗句，我们想必都不陌生。“及时当勉励，岁月不待人”“花有重开日，人无再少年”“流光容易把人抛，红了樱桃，绿了芭蕉”……但是在历史的洪流中，主张时光亦可倒流的，却鲜有人。苏轼算是其中极具代表性的一个。

元丰三年(1080)，苏轼因“乌台诗案”被贬黄州。但是他并没有因此而消沉，反在两年后，写下了《浣溪沙·山下兰芽短浸溪》一词，于其中发出了“谁道人生无再少”的强力发问。此种乐观豁达，可见一斑。

在词中，苏轼并非一上来就以激情昂扬的姿态向读者阐发他的观点，而是先从清泉寺旁的景物开始写起。山脚下的兰草刚刚抽出嫩芽，短短的、小小的，浸泡在潺潺流动的溪水之中。松林间的沙路，洁净无泥。傍晚，细雨潇潇，布谷鸟在其间不时地啼叫。整个环境清新自然，使人仿佛能闻到空气中弥漫的青草香气。但是在这里，虽说环境幽清，但是苏轼选用的意象还是令人感到些许的凄凉。雨为暮雨，傍晚本就是个让人心生感慨的时间，又碰上了下雨，更是增添了一点忧郁的味道。再加之耳畔不时传来“行不得也哥哥”的杜鹃啼鸣之声，怎能让人不心生悲凉？

但是，此时的他，又看到了向西奔流的兰溪，他的心境一下子豁然开朗。水流自西向东奔腾，是自然的规律，李煜也曾将匆匆流逝的光阴与一直向东流淌的水流放在一处进行类比，写下了“人生长恨水长东”的诗句。但是，清泉寺前的兰溪却是自东向西流的，令苏轼精神一振，溪水尚能逆流，那时间又有何不可呢？一切都可能发生。当然，这里所说的“人生能再少”并不是指真实的时间的倒转，而是人精神面貌的一个改变。虽说年龄在不断增加，但是人亦可以老当益壮、自强不息。所以，不要因年老而自怨自艾，只顾着悲叹时光的流逝，而忽略了对生活的追求。

在末句，苏轼化用了白居易在《醉酒示商人妓玲珑》中的诗句："谁道使君不解歌，听唱黄鸡与白日。黄鸡催晓丑时鸣，白日催年酉前没。腰间红绶系未稳，镜里朱颜看已失。"白居易认为人就是在黄鸡的一声声啼叫中，在白日的流动中，容颜渐渐失了颜色，一天天地衰老。而苏轼在这里则明确提出了"休将白发唱黄鸡"。白发即指年老，而黄鸡则指白居易诗中因年华流逝而产生的感慨，整句诗的意思变成了不要因为年老了就消极悲观，只顾着感慨时间的流逝，虽然人已老，但是可以保持年轻人的心态，多做些事情，来充实自己的人生。

白居易更多地侧重于对时间流逝的感伤和无奈，其中"腰间红绶系未稳，镜里朱颜看已失"一句所凝聚的情感最为浓烈。在这里腰间的红绶就是青楼女子系在腰间的一条红线，由于当时的青楼女子年龄都很小，在妙龄花季就成了别人赚钱谋利的工具。没有自由，没有尊严，也不被人在乎，除非遇到良人花重金帮其赎身，还其自由身。正是为了这份美好的期望，青楼里面的女子就会在自己腰间系上一根寄托好运的红绳，希望梦想成真，早日脱离苦海。但有人说青楼女子之所以在腰间系一根红绳，是为了维护最后的尊严，红绳是青楼女子的"灵魂"。在这句诗中，诗人以青楼女子的角度来发出感慨，腰间的红绳好像才刚刚系上，昨日的我好像还是那个刚被人卖入青楼的小女孩，但是一抬头看到镜中，自己美丽的容颜早已逝去，那些似在昨日的场景，已经离自己很远很远了。

但苏轼面对衰老却是另一种情感。当他看到向西奔流的兰溪时，他有了扭转时间的雄心。"门前流水尚能西，谁道人生无再少！"不要在年老时哀叹时间的流逝，光顾着聆听黄鸡的一声声啼鸣而心慌，却不去做些实事改变！一改白居易诗中那种细腻哀婉的情感，语词间透露着豪放的激情。

这最后一句，表达了苏轼对于白诗观点的不赞成，但是同时也暗中透露了苏轼在见到兰溪之景前，一直沉浸于与白居易相同的情感中，并且一直被这种情感所困扰着，所以在看到兰溪西流，自己的情感豁然开朗时，才能第一时间跳出"休将白发唱黄鸡"的感叹。在此时的"休将白发唱黄鸡"实则暗含着自己之前一直在"白发唱黄鸡"的现实。所以说，"休将白发唱黄鸡"也是苏轼对自己的一种劝慰，是他要收拾心情，与生活中的困难与障碍做斗争的一种宣言，表现出了其旷达乐观的人生态度。

名家品词集

曾敏行：徐公师川尝言：东坡长短句有云："山下兰芽短浸溪，松间沙路净无泥。"白乐天诗云："柳桥晴有絮，沙路润无泥。""净""润"两字，当有能辨之者。

《词洁》：坡公韵高，故浅浅语亦觉不凡。

陈廷焯：东坡《浣溪沙》云："谁道人生无再少，君看流水尚能西。休将白发唱黄鸡。"愈悲郁，愈豪放，愈忠厚，令我神往。

玩味苏词趣

1. 吟诵秘籍

浣溪沙·山下兰芽短浸溪

（○平声　●仄声　⊙可平可仄　△平韵　▲仄韵）

游蕲水清泉寺，寺临兰溪，溪水西流。

山下兰芽短浸溪，松间沙路净无泥，萧萧暮雨子规啼。

⊙●⊙○⊙●△，⊙○⊙●●○△，⊙○⊙●●○△。

谁道人生无再少？门前流水尚能西！休将白发唱黄鸡。

⊙●⊙○○●●？⊙○⊙●●○△！⊙○⊙●●○△。

这首词的韵脚诗是溪、泥、啼、西和鸡。在吟诵时，这些字应吟得轻而长。

2. 字句对碰

（1）词中的哪一句运用了典故？

______

（2）古人认为词中的有句话极富哲理，请你说说是其中的哪一句？

______

3. 我问你答

词中哪两处可看出此时的季节是春季？（　　）

A. 兰芽短；子规啼

B. 沙路净；子规啼

C. 沙路净；萧萧暮雨

D. 萧萧暮雨;子规啼

4. 诗词运用

请根据提示,把下面的诗句填写完整。

谁道人生无再( )? 门前流水( )能西! 休将白发( )黄鸡。

5. 诗词游戏

请用"兰"字集诗句。

____

6. 读词写文

"山下兰芽短浸溪,松间沙路净无泥,萧萧暮雨子规啼。"三句极富画面感,请你结合诗句,发挥你的想象,试着用你自己的话来勾勒充实一下这幅南方初春图。

____

____

____

____

____

____

____

____

____

____

____

____

____

____

第十一讲　悼亡情深

江城子·乙卯正月二十日夜记梦

十年生死两茫茫，不思量，自难忘。千里孤坟，无处话凄凉。纵使相逢应不识，尘满面，鬓如霜。

夜来幽梦忽还乡，小轩窗，正梳妆。相顾无言，惟有泪千行。料得年年肠断处，明月夜，短松冈。

解说

《江城子·乙卯正月二十日夜记梦》一词是苏轼为悼念自己的原配妻子王弗所写的悼亡词。熙宁八年(1075)，苏轼被贬密州的第二年，正月二十日，他梦见了王氏，醒后写就此词。

上片写实，直抒胸臆，表达了词人对于亡妻的思念；下片记梦，描绘二人梦中相遇时无语凝噎的情景。虚实结合，梦中有佳人，醒后又倏忽不见，更显悲伤，同时显现出了二人之间的情意之绵长。苏轼在词中，既从自己的角度出发，进行抒情，又从王弗的角度出发，想象其独自一人在明月夜里，短松冈上的凄凉。还运用了白描的手法，用语直白，简单易懂，但却字字饱含深情，表现了苏轼绵绵不尽的哀伤和思念。

注释

十年：指结发妻子王弗去世已十年。

思量：想念。

千里：王弗葬地四川眉山与苏轼任所山东密州，相隔遥远，故称“千里”。

孤坟：其妻王氏之墓。

幽梦：梦境隐约，故云幽梦。

小轩窗：指小室的窗前。轩，门窗。

顾：看。

短松冈：苏轼葬妻之地。短松，矮松。

肠断：一作断肠。

翻译

两人一生一死，隔绝十年，无法相见，对于对方的近况，也一无所知。不想让自己去思念，却难以忘怀。妻子的孤坟远在千里，没有地方跟她诉说心中的凄凉悲伤。即使相逢也应该认不出我了，因为我四处奔波，灰尘满面，鬓发如霜。

晚上在隐约的梦境中忽然回到了家乡，只见妻子正在小窗前对镜梳妆。两人互相望着，千言万语不知从何说起，只有相对无言泪落千行。料想那明月照耀着、长着小松树的坟山，就是妻子年年因思念我而痛欲断肠的地方。

诵读点拨

“悼亡诗”作为一种诗体，从《诗经》开始，就已经出现。在苏轼之前，写悼亡诗最为有名的有西晋的潘岳和中唐的元稹。但用词来悼念亡人，苏轼是第一个。且与前人相比，其呈现方式又颇具特色，这首词虽说“记梦”，但是更多是站在现实的生活里，抒发自己的悲情，同时通过现实的离别与梦境的相聚两相对比，来诉说思念，真挚动人。

苏轼通过此词悼念的是自己的结发妻子王弗。王弗是四川眉州青神乡绅贡进士王方的女儿，十六岁时便嫁给苏轼。王弗年轻貌美，而且聪慧温顺，能陪苏轼读书，也能在与人交往方面给予他建议和帮助。二人情投意合，伉俪情深。但是，这样快乐的时光，仅维持了十一年便结束了。王弗在二十七岁那年，一病不起，撒手人寰。这件事，对于苏轼，造成了巨大的打击和伤害。

宋神宗熙宁八年(1075)正月二十日，苏轼梦见了逝世已久的爱妻，强烈的悲痛之情，又涌上心头，于是有感而发，写下了此词。

词的上片皆在抒情，站在现实的角度，直接抒发自己这十年间对于妻子的思念。

“十年生死两茫茫”，不知不觉间，他们二人天人永隔已经十年，他们无法相见，对于对方别后的近况，也无处知晓。在此处，十年不是虚指时间之长，而是切切实实的十年，王弗逝于宋英宗治平二年(1065)，而这首词作于熙宁八年(1075)，十年时间，一分不多，也一分不少。紧接着，“不思量，自难忘”一句，则表现出了一种矛盾的现象，苏轼并未刻意去回想他们二人之间相处时的生活，但是那些片段却总会不自觉地浮现出来。这种“不思量”，有两个方面的原因：一是生活方面，在二人分别的这十年间，苏轼过得颇为坎坷。他因与王安石政见不合，处处受到牵制，到密州任职后，又正逢当地遇上蝗灾与旱灾，他忙于改善百姓的生活，自己的日子也过得举步维艰。忙于生计，无暇“思量”；二则是情感方面，在王弗逝世后，苏轼又迎娶了她的表妹王润之，他的儿子也在身边，出于对家人的责任，他又怎能将她日日挂在心间呢？可是，苏轼对于她还是难以忘怀，这种思念时常不自觉地就于心头浮现。可见，他对于王弗的爱意早已是超越了理智的掌控，那是深深烙印在脑海之中的记忆，深深印刻在心灵之上的情感。正所谓“此情无计可消除，才下眉头却上心头”，令人无奈而又悲痛。

而在这十年忌辰之际，往事更是关不住了，一下涌上了心头。再回想这十年经历，苏轼有太多太多的话，想告诉王弗。但是“千里孤坟，无处话凄凉”。苏轼不仅见不到心爱之人的脸，竟至于到她的坟头说说话也做不到。王弗当年病逝于京城，一年后归葬于四川，远在密州的苏轼，除了感叹“无处话凄凉”，还能做些什么呢？其实，此句显得极为无理。即使王弗的坟墓就在眼前，苏轼与她，隔着生与死的界限，真就能成功地对上话了吗？答案当然是否定的，这种表达，更是苏轼情深的一种体现：“我”见不到“你”，但是能在“你”最终的栖身之所同“你”说说话也好，但是，“我”连这都做不到，将生死永隔的距离进一步拉大，读来令人悲痛至极。同时，也将词人内心孤独无助，急于想找人诉说的心情展现了出来。

“纵使相逢应不识，尘满面，鬓如霜”一句，则是苏轼提出的一种假设：如果我们俩现在真遇到了，你应该也不认识我了吧，我四处奔波，灰尘满面，鬓边也已长出了白发。这是一种自嘲，也是一种忧伤。而他将这种虚无的幻想当作现实认真考虑的状态，也令人动容。妻子已经逝世十年了，如此长的一个时间过去，苏轼却仍还在进行这种毫无可能的假设与想象，可见，他对于亡妻的思念至深。

词的下片，苏轼开始正式讲述他的梦境。他在梦中忽然回到了自己的家乡，回到曾经的家中，推开门，发现一切如故，妻子还是坐在明亮的窗前，梳妆打扮，正如从前一样。二人相隔十年，重新相见，没有亲昵地拥抱，也没有滔滔不绝地诉说别后的相思，他们只是相对无言，泪流千行。这便是苏轼的独特之处，此时无声胜有声，他们之间，无需多言，一切都在两两相望的眼神之中。而也正是这种无言的状态，使得整个梦境在温馨的基础上，增添了说不尽、道不明的悲伤。

当年的美好，在梦中尽显，但是梦醒之后，所有的一切都已荡然无存。梦是无所限制的，现实却是冰冷的。虚与实，两相比较，显得现实更为凄凉。回到现实的苏轼也不禁感叹：料得年年肠断处，明月夜，短松冈。他在此切换了抒情的主体，从开始的直抒胸臆，转为了猜测亡妻的想法。料想离开人世，在冰冷的地下待了十年之久的爱妻，在每年的这个时节，由于思念自己的亲人，应是柔肠寸断了吧！这种推己及人的表现手法，与杜甫的《月夜》有些相似——不说自己对于亲人的思念,反说妻子对于自己归家的期盼。而“明月夜、短松冈”更是营造了一种孤寂凄凉的氛围,月光清冷,孤坟之上已长出了小松,而妻子就在这样的环境中,日复一日,年复一年地思念着自己,此情此景,令人不忍再往下想。

整首词运用了多种表现手法:分合顿挫,虚实结合,叙述白描等,皆于词中有所体现。借此,苏轼将对于亡妻的哀思与对于自己身世的感慨自然地融合在了一起,体现出了自己对于妻子的依恋与思念,将夫妻之间的深情全然表现了出来。而且词间并无一词显得“矫揉造作”,字字血泪,直击人心。可见,苏轼文采之高超,情感之真挚。

名家品词集

张燕瑾:晁无咎曾经说苏轼之词“短于情”,由这首《江城子》来看,这种说法是不正确的。陈后山曰:“风韵如东坡,而谓不及于情,可乎?”

艾治平:从这首词看,苏轼追求的似是一种更高的生活情趣,是能够互通衷曲的人生知己,因此他虽写的只是个人生活范围的感伤,却不粘不滞,冰清玉洁,在悼亡词中是不可多得的佳作。

唐圭璋:此首为公悼亡之作。真情郁勃,句句沉痛,而音响凄厉,陈后山(陈师道)所谓“有声当彻天,有泪当彻泉”也。

玩味苏词趣

1. 吟诵秘籍

江城子·乙卯正月二十日夜记梦

(○平声　●仄声　⊙可平可仄　△平韵　▲仄韵)

十年生死两茫茫,不思量,自难忘。千里孤坟,无处话凄凉。纵使相逢应不识,尘满面,鬓如霜。

⊙○⊙●●○△,●○△,●○△。⊙●○○,⊙●●○△。⊙●⊙○○●●,○●●,●○△。

夜来幽梦忽还乡,小轩窗,正梳妆。相顾无言,惟有泪千行。料得年年肠断处,明月夜,短松冈。

⊙○⊙●●○△,●○△,●○△。⊙●○○,⊙●●○△。⊙●⊙○○●●,○●●,●○△。

这首词的韵脚是茫、量、忘、凉、霜、乡、窗、妆、行和冈，这些字要吟得轻而长。

2. 字句对碰

（1）词中的哪一句重现了当年词人与妻子的生活情景？

（2）苏轼还写过哪些悼亡词？请列举一二。

3. 我问你答

“十年生死两茫茫，不思量，自难忘”一句中，哪两个字体现了词人对妻子无意识的思念？（　　）

A. 思；忘　　B. 不；忘　　C. 不；自　　D. 思；自

4. 诗词运用

请根据提示，把下面的诗句填写完整。

夜来幽梦（　　）还乡，小（　　）窗，（　　）梳妆。

5. 诗词游戏

请用“冈”字集诗句。

6. 读词写文

词的下片是苏轼想象自己与妻子相见时的情景。请你也发挥一下自己的想象，若你是苏轼，与自己阔别十年的妻子在梦中相见了，会说些什么？做些什么？

第十二讲　兄弟味长

水调歌头·安石在东海

余去岁在东武，作《水调歌头》以寄子由。今年子由相从彭门居百余日，过中秋而去，作此曲以别。余以其语过悲，乃为和之，其意以不早退为戒，以退而相从之乐为慰云耳。

安石在东海，从事鬓惊秋。中年亲友难别，丝竹缓离愁。一旦功成名遂，准拟东还海道，扶病入西州。雅志困轩冕，遗恨寄沧洲。

岁云暮，须早计，要褐裘。故乡归去千里，佳处辄迟留。我醉歌时君和，醉倒须君扶我，惟酒可忘忧。一任刘玄德，相对卧高楼。

解说

这首词是苏轼在宋神宗熙宁十年(1077)八月所作。当时一起在彭门住了一百多天的苏辙打算离开徐州，去南都(今河南商丘)赴任，在临走前，写了《水调歌头》一词告别。

全词可分为两个部分。上阕咏史，讲东晋谢安所经历的故事，意在说明若要退隐，理应尽早；而下阕则是述怀，幻想二人退隐后的快乐生活。两部分合在一处，表达了苏轼想要退隐田园，享受平民之乐的愿望，同时，也表现出了兄弟二人之间的深情厚谊。

注释

水调歌头：词牌名，又名“元会曲”“台城游”“凯歌”“江南好”“花犯念奴”等。

东武：指密州。

子由：苏轼之弟文学家苏辙字。

彭门：指徐州。

此曲：指苏辙《水调歌头·徐州中秋》一词。

安石：谢安，字安石，阳夏(今河南太康)人。东晋名臣，以功封建昌县公，死后赠太傅。东海：谢安早年隐居会稽(今浙江绍兴)，东面濒临大海，故称东海。

“一旦”三句：意思是说谢安一旦功成名就之后，就准备归隐会稽，不料后来抱病回京了。西州，代指东晋都城建康(今江苏南京市)。

雅志：指退隐东山的高雅志趣。

轩冕(xuān miǎn)：古代官员的车服。借指做官。

沧洲：水滨，古代多用以指隐士的住处。

岁云暮：即岁暮。云，语助词。

要褐裘(qiú)：指换上粗布袍，意为辞官归乡，做普通百姓。

迟留：逗留，停留。

“惟酒”句：语本《晋书·顾荣传》：“恒纵酒酣畅，谓友人张翰曰：‘惟酒可以忘忧，但无如作病何耳。’”

“一任”二句：意思是说，任凭有雄心大志的人瞧不起我们，也不去管它了。刘玄德，刘备。

翻译

我去年在东武，写了《水调歌头》寄给子由。今年子由和我一起在彭门住了一百多天，度过了中秋节，临别时，他写了这首曲。我认为他的语言过于悲伤，就写了一首词来应和他。这首词的意思是劝诫子由，如要隐退须趁早，隐退后，我们一同欢乐。

当年谢安隐居在东海，出仕做官鬓发已霜秋，中年难与亲友分别，唯有丝竹缓解离愁。一旦功成名就，准备返归东海，谁料抱病入西州。做官困扰了隐居的雅志，遗恨寄托于田园山丘。

既已年高衰朽，便当及早划筹，要做百姓穿粗裘。返回故乡遭迢千里，选取佳地长住久留。酒醉放歌君相和，醉倒在地君扶我，只有醉时忘忧愁。任凭刘备笑我无大志，我却甘愿身居平地，仰看他高卧百尺楼。

诵读点拨

正如词序所言：“余以其语过悲，乃为和之，其意以不早退为戒，以退而相从之乐为慰云耳。”全词的上下两阕也可分为两部分：上阕咏史，令苏辙“以不早退为戒”；下阕述怀，意在展望“退而相从之乐”。

在上阕中，苏轼主要讲述了东晋时期，著名的政治家谢安的生平经历。词的第一句便以其字“安石”开头，领起上半阕。但是其所选择的角度却十分独特。谢安那出类拔萃的治世之才，苏轼不说；所取得的丰功伟绩，苏轼也不说；只说他四十多岁，人到中年才出山做官的尴尬。当时的谢安隐居山林，悠闲度日，在他决定出仕那年，鬓边已生白发。且此时再与亲友离别，更觉不舍，只能用音乐来加以缓解。之后以一句“一旦功成名遂，准拟东还海道”来表明自己拥有一番成就，振兴了家族的声誉后，便回乡隐居的决心。“一旦”“准”二词用于一处，可见其语气之坚定。《晋书》中记载：谢安虽然接受了朝廷的任命，但是他归隐东山的愿望从来都没有改变过，这常常会在言语举止间表现出来。此语同词中所表达的意思可谓是完全相同的。但是，这样期盼早日返归东海的谢安最终却是抱病入西州。谢安退隐东山的高雅志趣被做官、被名利富贵所耽误，最终只能将遗恨寄托于山野田园的遭遇，令苏轼唏嘘不已，使他得出了“要退应及早”的结论。

而在下阕中，苏轼以“岁云暮”三个字承上启下。所谓的“岁云暮”也就是“岁暮”，为“年华老大”之意，“云”字仅为语气助词。而“早计”二字则是针对上阕谢安的“遗恨”来说的，其计划内容就是接下来的“要褐裘”，也就是换上粗布衣袍，辞官回乡，做个平民百姓。紧接着，苏轼对于归乡后的生活展开了想象，甚至连归家之路上所要经历的事情，都已计划好：家乡远在千里之外，他们兄弟二人可边游边看，选择一个有山有水，风景优美，兼有良朋贤主的地方长久地居住下来，随意逗留，不必因公务缠身而匆匆赶路，就随遇而安，随性而行便好。当苏轼喝醉酒后放声歌唱时，苏辙也跟着一起唱和，当苏轼醉倒在地时，苏辙可在他身旁扶着，忘却一切名利得失，尽兴随心。此时，苏轼又想到那些心中有着雄图伟略的人们大概会看不起他们，但是他却一笑置之。当然，在“一任刘玄德，相对卧高楼”一句中，苏轼反用“问田求舍”这一典故，并非表明他甘愿做一个庸碌之人，而是强调他对于兄弟二人皆辞官回乡后，所会经历的生活的向往，强调这一想法的坚定。

可见，此时的苏轼只想做自己想做之事，不愿顾及世俗的眼光，显得洒脱而又肆意。

名家品词集

姚苏杰：这首词就是写想早点退出官场，彼此过从为乐。上片全用谢安典故来喻说自己，表述得手应心。下片想象兄弟诗酒相从之乐，一气呵成，十分流畅。总体来说，这首词更像是一篇史论，或者是像借史论来抒发自己思想的散文。但其情真意切处，丝毫不比任何婉约词逊色，尤其是“我醉”两句，把兄弟之间的情谊写得生动、绝妙。

玩味苏词趣

1. 吟诵秘籍

水调歌头·安石在东海

（○平声　●仄声　⊙可平可仄　△平韵　▲仄韵）

余去岁在东武，作《水调歌头》以寄子由。今年子由相从彭门居百余日，过中秋而去，作此曲以别。余以其语过悲，乃为和之，其意以不早退为戒，以退而相从之乐为慰云耳。

安石在东海，从事鬓惊秋。中年亲友难别，丝竹缓离愁。一旦功成名遂，准拟东还海道，扶病入西州。雅志困轩冕，遗恨寄沧洲。

⊙●●○●，⊙●●○△。⊙○⊙●○⊙，⊙●●○△。⊙●○○⊙●，⊙●○○⊙●，⊙●●○△。⊙●●○●，⊙●●○△。

岁云暮，须早计，要褐裘。故乡归去千里，佳处辄迟留。我醉歌时君和，醉倒须君扶我，惟酒可忘忧。一任刘玄德，相对卧高楼。

⊙⊙⊙，⊙⊙●，●○△。⊙○⊙●○⊙，⊙●●○△。⊙●○○⊙●，⊙●○○⊙●，⊙●●○△。⊙●⊙○●，⊙●●○△。

在这首词中，韵脚为秋、愁、州、洲、裘、留、忧和楼。在吟诵时，应吟得长。

2. 字句对碰

（1）词中的哪一句话表现出了苏轼和他弟弟苏辙不舍分离的情感？

____

（2）词中的哪一句引用了“求田问舍”的典故？

____

3. 我问你答

词中的哪句话，隐含了苏轼对于贪慕功名利禄之人的批判？（　　）

A. 一旦功成名遂，准拟东还海道，扶病入西州。

B. 雅志困轩冕，遗恨寄沧洲。

C. 岁云暮，须早计，要褐裘。

D. 一任刘玄德，相对卧高楼。

4. 诗词运用

请根据提示，把下面的诗句填写完整。

我醉歌时君（　　），醉倒须君（　　）我，（　　）酒可忘忧。

5. 诗词游戏

请用“竹”字集诗句。

6. 读词写文

苏轼在词的下阕花了大量的笔墨描绘了自己对于辞官归乡后的生活的想象。请你说说，如果你是苏轼，你会选择做些什么？

第十三讲 送别友人

临江仙·送钱穆父

一别都门三改火，天涯踏尽红尘。依然一笑作春温。无波真古井，有节是秋筠。

惆怅孤帆连夜发，送行淡月微云。尊前不用翠眉颦。人生如逆旅，我亦是行人。

解说

《临江仙·送钱穆父》一词写于元祐六年(1091)的清明时节，当时的钱穆父正从越州(今浙江绍兴)去往瀛洲(今河北河间)，途中经过了杭州。苏轼此时也正从杭州回朝廷任职，二人匆匆相聚，苏轼写下此词为钱穆父送别。

全词可分为两个不同的部分。上片说重逢。先说上次相见已是三年前，再说分别期间的奔波之苦，但是历经坎坷的钱穆父并没有因此而消颓，脸上的笑容依旧如春天般温暖。由此引出对其心境以及品质的赞叹。而下片主要写送行。淡月微云之下，一叶扁舟即将独发，而行人依旧惆怅，因此词人劝慰他，不要端着酒杯愁眉不展，我们都不过是天地间的匆匆过客。

注释

钱穆：名勰，又称钱四。元祐三年(1088)，因坐奏开封府狱空不实，出知越州(今浙江绍兴)。元祐五年(1090)，又徙知瀛洲(治所在今河北河间)。元祐六年(1091)春，钱穆父赴任途中经过杭州，苏轼作此词以送。

父：是对有才德的男子的美称。

都门：是指都城的城门。

改火：古代钻木取火，四季换用不同木材，称为“改火”，这里指年度的更替。

古井：枯井。比喻内心恬静，情感不为外界事物所动。

筠：竹。

尊：通“樽”。

翠眉：古代妇女的一种眉饰，即画绿眉，也专指女子的眉毛。

颦：皱眉头。

逆旅：旅舍，旅店。

翻译

京城一别我们已是三年未见，你总是远涉天涯辗转在人世间。相逢欢笑时依然像春天般的温暖。你心始终如古井水不起波澜，高风亮节似秋天的竹子。

心中惆怅你连夜就要扬帆出发，送行之时云色微茫月光淡淡。不要端着酒杯愁眉不展了。人生就是间旅店，我只是匆匆过客。

诵读点拨

送别词往往缠绵感伤、哀怨愁苦，使人读来倍感凄凉，但是苏轼的这首词却不同，它抒情直接却不悲戚，反寓妙理于其中，文字间透着义理情趣，让人觉得词人旷达而又洒脱。同时，词人对于友人的依依惜别之情，也描写得细腻而又深沉。

全词共可分为上下两个部分，上片写久别重逢的感慨，下片写月夜送行的场景。

在上片中，虽说词人主要表达的是他乡遇故知的喜悦，但他却从分别的场景入手，可谓是独具新意。苏轼先从时间说起，回忆往昔。二人上次见面乃是元祐三年，钱穆父要离开汴京去往越州任职之时，苏轼为其赋诗赠别。时光流逝，三年过去，二人又在杭州相聚。在这三年里，钱穆父在京城、吴越之间奔走，如今又要远赴瀛洲任职，真可以说是"天涯踏尽红尘"。但无论时间如何变化，空间如何变换，生活如何坎坷，二人相见时的笑容，仍像春天般温暖。钱穆父那平静的心，那如竹子般高洁的品质，也始终都没有变过。

在苏轼的眼中，钱穆父便如他自己一样，因好议政事，而为言官所害。因此在词中，苏轼对友人过往经历的概述，也是他坎坷半生的写照。他对于友人品格的赞叹，对其辅君治国、坚持操守的安慰和支持，也是他表明自己心境淡泊的方式，是他勉励自己继续坚守节操，不向奸佞之人低头屈膝的方式。因此，上片表面上是在写友人，实际上将词人自己暗寓其中，二者看似不同，实为一体。这也表现出了苏轼与友人志同道合、情谊深厚。

词的下片则以"惆怅孤帆连夜发，送行淡月微云"开头，把"孤帆""淡月""微云"三种事物组合在一起，营造了送别时凄清幽冷的氛围。且词人以"惆怅"二字直接点明行人临行前的不舍抑郁之情，读者的情绪也一下被拉到了最底端。但词人并未被这种悲伤哀愁所牵制，而是以"尊前不用翠眉颦"一句，扭转了整个氛围，使其旷达、豪迈的人生观跃然纸上。这句话，不仅是在安慰钱穆父，也是在劝自己，人生没有不散的宴席，分离是常有的事情，不要过于沉溺于离别的伤痛中。这种将自己的悲伤强行抑制下去，勉励自己洒脱、乐观地生活的处事方式，便是苏轼在多年被贬，于各地辗转任职的过程中摸索、磨砺出来的。“夫天地者，万物之逆旅也，光阴者，百代之过客也。”（李白《春夜宴从弟桃花园序》）人人都是天地间的匆匆过客，在此或在彼，又有何分别呢？相聚或分离，又何必去计较呢？故而，结尾一句“人生如逆旅，我亦是行人”既是苏轼对于友人的劝勉，又是其物我两忘的人生态度的体现。

苏轼一生，受老庄以及佛家思想的影响颇深，因此，当他在官场上遭受挫折，不受重用，难以施展自己的才华甚至生活都很难维持之时，他总能在世俗之外，寻找到一方令自己的灵魂得以喘息的乐土。在那里休整自己的内心，最终以一种旷达、恬淡的态度来看待世间的纷纷扰扰。但是除此之外，苏轼也是一个积极入世之人，他拥有自己的政治理想和主张，并愿拼尽全力去实现它、维护它。所以在“一笑作春温”“樽前不用翠眉颦”“人生如逆旅，我亦是行人”等豪放之句背后，我们还应注意到词人所怀有的惆怅与慨叹。他的达观，不是纯粹的乐观，更有一种无路可走故而寻求解脱的无奈。

名家品词集

俞陛云：因送友人而言我亦逆旅中行人之一，语极旷达。

玩味苏词趣

1. 吟诵秘籍

临江仙·送钱穆父

（○平声　●仄声　⊙可平可仄　△平韵　▲仄韵）

一别都门三改火，天涯踏尽红尘。依然一笑作春温。无波真古井，有节是秋筠。

⊙○⊙○○●●，⊙○⊙●○△。⊙○⊙●●○△。⊙○○●●，⊙●●○△。

惆怅孤帆连夜发，送行淡月微云。尊前不用翠眉颦。人生如逆旅，我亦是行人。

⊙○⊙○○●●，⊙○⊙●○△。⊙○⊙●●○△。⊙○○●●，⊙●●○△。

这首词的韵脚为尘、温、筠、云、颦和人。在吟诵时，应吟得长。

2. 字句对碰

（1）词中的哪一句话营造了在夜间为友人送行时凄清幽冷的氛围？

____

（2）词中的哪句话化用了白居易的诗句？

____

3. 我问你答

“无波真古井，有节是秋筠”一句运用了什么写作手法？（　　）

A. 对偶；比喻　B. 对偶；夸张　C. 比喻；夸张

4. 诗词运用

请根据提示，把下面的诗句填写完整。

尊前不用翠眉（　　）。人生如（　　）旅，（　　）亦是行人。

5. 诗词游戏

请用“眉”字集诗句。

____

6. 读词写文

如果你是钱穆父，面对苏轼“尊前不用翠眉颦。人生如逆旅，我亦是行人”的劝慰，你会如何回复？请你写下来。

____

____

____

____

____

第十四讲　谈禅说理

减字木兰花·双龙对起

钱塘西湖有诗僧清顺，所居藏春坞，门前有二古松，各有凌霄花络其上，顺常昼卧其下。时余为郡，一日屏骑从过之，松风骚然，顺指落花求韵，余为赋此。

双龙对起，白甲苍髯烟雨里。疏影微香，下有幽人昼梦长。

湖风清软，双鹊飞来争噪晚。翠飐红轻，时下凌霄百尺英。

解说

《减字木兰花·双龙对起》一词应是元祐五年（1090）五月，苏轼路过藏春坞时所作。

全词一共描绘了三个具体的画面：一是两棵古松如同白甲苍髯的两条巨龙张牙舞爪地在西湖烟雨中腾飞而起；二是金红色的凌霄花掩映在一片绿叶中，并暗暗传出阵阵清香；三是有位幽人躺在茂密的树影下悠闲入梦。而这三个画面又被放进了一个湖风清软、鸟语花香的大环境之中，营造了一种宁静、闲适的氛围。

这首词的着眼点并非咏物，也没有着意刻画词中的人物形象，更没有借景抒情的目的。他只是借助这个人幽景静的环境，来传达清净寂定、超然物外的禅意。

注释

藏春坞（wù）：清顺居处的小庭院。中间洼，四边高的地方叫坞。

凌霄花：一名紫葳，夏秋开花，茎有气根，可攀援棚篱。

为郡：指为杭州知府。

屏（bǐng）骑（jì）从过之：不带跟随的人马而独自去拜访他。屏，除去，不用。骑从，骑马跟随的人。过，拜访；上门访问。之，指代僧清顺。

骚然：骚骚作响。

“双龙”二句：写门前二古松的形状与气势。白甲，松皮如鳞甲。苍髯，深绿的松针。

幽人：幽栖之人，《易经·履·九二》：“幽人贞吉。”孔颖达疏：“幽隐之人。”此指清顺。

争噪晚：在夕照中争相鸣叫。

“翠飐(zhǎn)”二句：风摇动着青翠的藤蔓，红色的凌霄花从高高的古松上轻轻地飘落下来。飐，风吹物动。

翻译

钱塘西湖旁有一诗僧，名叫清顺，他所居住的藏春坞，门前有两棵古松树，树上有凌霄花攀援，清顺常常白天躺卧在松树下。我为郡守时，一天屏退随从去访他，松风骚然，清顺指着落花求我创作，于是写下此词。

两株古松冲天而起，铜枝铁干，屈伸偃仰，仿佛白甲苍髯的两条巨龙，张牙舞爪，在烟雨中飞腾。凌霄花的金红色花朵，掩映于一片墨绿苍翠之间，让人闻到了一股淡淡的清香，一个和尚正躺在浓荫下的竹床上沉睡。

从湖上吹来的风，又清又软；一对喜鹊飞来树上，在夕阳中争相鸣叫。风摇动着青翠的藤蔓，红色的凌霄花从高高的古松上轻轻地飘落下来。

诵读点拨

全词以藏春坞门口的两棵古松开头，但是却未见松字，反写龙之姿态。苏轼在此处乃是运用了静物动写、运虚入实的手法，将松树比喻成腾飞的巨龙，将它们相对而立，左盘右旋，直插云霄的姿态全然表现了出来，气势雄浑。而所谓的苍髯也就是攀援在松树上的凌霄花。此种构思，可谓精巧。不仅如此，看似极具破坏力的巨龙却是在烟雨之中盘旋上升，一极刚，一极柔，形成了鲜明的对比，也产生了一种奇特的美感。

之后，“疏影微香”紧随“苍髯”而来，此四字取自北宋诗人所写的“疏影横斜水清浅，暗香浮动月黄昏”一句，本被用来咏叹梅花，在这里苏轼进行了化用，来写凌霄花的淡雅清幽。这四个字，实则也是实现了一个镜头的转换，原本是一个远观的姿态，但是此时的视角被陡然放大，从概写凌霄花的整体形态转为对其花朵的细致描绘。金红色的凌霄花掩映在大片的绿叶中，只能零星地看到几朵，虽说看不到它的全貌，但是幽暗的清香却不时从枝头传来。将现却未现，欲隐却未隐，反增添了一丝含蓄的美感。

而就在以上这幅由遒劲的古松和柔美的凌霄花共同构成的美好画面之中，

还卧着一个幽居于此，不问俗事的和尚，在这白日做着悠长的梦。这人，正是“常昼卧其下”的诗僧清顺。无论是拥有双龙飞腾之势的古松，还是静攀枝头的凌霄花，对于这位诗僧来说，都一样，它们都无法妨碍他悠然入梦，整个画面具有超然物外的禅意。

古松、凌霄花、诗僧，三者合起来，形成了一幅和谐的画面。

在词的下片，虽说以湖风、双鹊领起，但实际上苏轼仍在写古松与凌霄，写幽人与禅意。

夕阳西下，从西湖湖面上吹来了清新柔和的风，它的风力是那么轻柔，声音是那么微小，以至于我们除了它所带来的“清”与“软”之外，找不到任何它存在的痕迹。一对喜鹊飞到古松之上，叽叽喳喳地叫着，好像是在争吵着什么，给藏春坞带来了一阵短暂的喧闹，但是它们热闹过后，这里便显得更为幽静了。苏轼将一静一闹置于一处，一正面烘托，一反面衬托，二者在对立中又达到了统一，共同营造了一种极具生气的静态美。此外，好像也正是因为微风的存在，双鹊的喧闹，才使得“翠飐红轻，时下凌霄百丈英”这一图景的出现显得理所当然。绿叶和红花的颤动，都是因为风吹鹊来所致。而也正是因为它们产生的动静，使得枝头的凌霄花不时地飘落枝头，落了一地。风鸟树花，就这样在这自然界运作着。可这又如何呢？树下的僧人还是静卧着，做着他的梦，就如树下的一块石头，与这自然融为了一体。

从全词来看，苏轼一直都在选取全然对立的景物来进行构图，使得它们在矛盾中达到和谐统一。“双龙对起”的雄健之气被“疏影微香”“湖风清软”所软化，巨龙腾飞的动势也随之被融合在静态之中。而“双鹊”虽噪，但喧闹过后却显得环境愈静，使得“静”在“闹”中又达到了更高的层次。全词的境界在对立事物的相互转化中得到了发展。

名家品词集

李德身：全词着力写景，突出古松凌霄，兼及湖风飞鸟，在其动静、刚柔的对比描写中，展示了一幅对立和谐、境界和美的图画。而作者的用意则在借此造成一种氛围，以烘托幽人独处的恬淡自适，纯任自然，暗寓的禅意正在其中。

玩味苏词趣

1. 吟诵秘籍

减字木兰花·双龙对起

（○平声　●仄声　⊙可平可仄　△平韵　▲仄韵）

钱塘西湖有诗僧清顺，所居藏春坞，门前有二古松，各有凌霄花络其上，顺常昼卧其下。时余为郡，一日屏骑从过之，松风骚然，顺指落花求韵，余为赋此。

双龙对起，白甲苍髯烟雨里。疏影微香，下有幽人昼梦长。

⊙○⊙▲，⊙●⊙○○●▲。⊙●○△，⊙●○○⊙●△。

湖风清软，双鹊飞来争噪晚。翠飐红轻，时下凌霄百尺英。

⊙○⊙▲，⊙●⊙○○●▲。⊙●○△，⊙●○○⊙●△。

这首词的韵脚为起、里、香、长、软、晚、轻和英。在吟诵时，应吟得短促有力。

2. 字句对碰

（1）词中哪句运用了比喻的修辞手法？

（2）词中哪一句的出现，使得词境产生了由幽静变得喧闹的转变？

3. 我问你答

在这首词中，苏轼运用了什么手法将松树的苍虬与凌霄花的轻柔巧妙地融合了起来？（　　）

A. 虚实结合　　　　B. 动静结合

C. 情景交融　　　　D. 比喻象征

4. 诗词运用

请根据提示，把下面的诗句填写完整。

（　　）影（　　）香，下有幽人（　　）梦长。

5. 诗词游戏

请用“龙”字集诗句。

6. 读词写文

请你发挥想象，如果你是卧睡树下的诗僧，你会想些什么？做些什么梦？

第十五讲　怀古发论

满江红·寄鄂州朱使君寿昌

江汉西来，高楼下、蒲萄深碧。犹自带，岷峨雪浪，锦江春色。君是南山遗爱守，我为剑外思归客。对此间、风物岂无情，殷勤说。

《江表传》，君休读；狂处士，真堪惜。空洲对鹦鹉，苇花萧瑟。不独笑书生争底事，曹公黄祖俱飘忽。愿使君、还赋谪仙诗，追黄鹤。

解说

这首词是苏轼谪居黄州时期的作品，写于宋神宗元丰四年(1801)，是他写给朋友朱寿昌的一首作品。

词的上片写景，思归怀友；下片怀古，直抒胸臆。词人从景入手，进而抒情，情感先由豪放转为旷达，而旷达中又含有赋诗追黄鹤的豪情，透露着苏轼的人生追求。全词看似毫无章法，随心而写，但是细读之后，便可发现苏轼的巧思，由黄鹤楼始，于黄鹤楼终，境界开阔，议论纵横，实现了词风豪放与构思严密的统一。

注释

朱使君：朱寿昌，安康叔，时为鄂州(冶所今湖北武汉武昌)知州。使君，汉时对州郡长官之称，后世如唐宋时就相当于太守或刺史。

江汉：长江和汉水。

高楼：指武昌黄鹤楼。

蒲萄：喻水色，或代指江河。

“岷峨”句：岷山和峨眉山融化的雪水浪花。

锦江：在四川成都南，一称濯锦江，相传其水濯锦，特别鲜丽，故称。

南山：终南山，在今陕西省，朱寿昌曾任陕州通判，故称。

遗爱：指因有惠爱之政而引起人们怀念。

剑外：四川剑门山以南。苏轼家乡四川眉山，故自称剑外来客。

狂处士：指三国名士祢衡。他有才学而行为狂放，曾触犯曹操，曹操多顾忌他才名而未杀他。后为江夏太守黄祖所杀。不出仕之士称处士。

底事：何事。

曹公黄祖：指曹操与黄祖（刘表属将）。

黄鹤：崔颢的《黄鹤楼》诗。

翻译

长江、汉江从西方奔流直下，在黄鹤楼望去，浩淼的江水如葡萄般碧绿澄澈。江水相通，好像都带着岷山和峨眉山融化的雪水浪花，这便是锦江的春色。你是在陕州留有爱民美誉的通判，我却是思乡未归的浪子。面对这里的景色怎能没有感情，我将会殷切地述说。

您千万不要读《江表传》，祢衡真是令人同情，深感痛惜。只能空对鹦鹉洲，苇花依旧萧瑟。书生何苦与这种人纠缠，权势人物就算如曹操与黄祖，也都已一闪过去。希望使君您能像李白一样潜心作诗，赶追崔颢的名作《黄鹤楼》。

诵读点拨

这首词是苏轼在被贬黄州期间为朋友朱寿昌所写的。全词运用了多种手法来展现自己的内心。既寄情于景，借用景物，隐秘地抒发自己的情感；又广用典故，借用历史事件来发表自己的观点；还直抒胸臆，将自己的想法坦率地呈现在读者的面前……这些手法相互交织，使得全词妙趣横生，饶有趣味，也将词人心中愤愤不平、苍凉悲慨的心情表现得淋漓尽致。

词的上片以写景开头，描绘了一幅江水翻涌的壮丽景象。所谓的汉江也就是长江和汉水两大水系。它们从西方奔腾而来，于武汉汇聚。而高楼所指的便是屹立在武昌黄鹄山之上的黄鹤楼。于楼上向下俯瞰，便可看到那颜色如葡萄般碧绿的江水。气势庞大的水流以及雄伟壮丽的名胜，一高一低组合在一起，形成了一幅极为壮美的画面，也将鄂州最具特色的景物一下子展现在了读者的面前。其中“蒲萄深碧”一句，运用了比喻的手法，将江水的颜色比作了葡萄美酒的颜色，此种想法，并非是苏轼的原创，是他化用了李白所写的“遥看汉水鸭头绿，恰似葡萄初酦醅”一句而成的。而紧接着的“犹自带，岷峨雪浪，锦江春色”亦受到了前人的启发。李白的《经乱离后天恩流夜郎忆旧游书怀》中有句云：“江带峨眉雪。”正是“岷峨雪浪”的来源。“锦江春色”句则是化用了杜甫所写的“锦江春色来天地”一句。苏轼在词中，不着痕迹地化用前人的诗句，从他们的精妙思想中汲取营养，将汉江之水的颜色描绘得饱满而又绚丽，引人入胜。且词人将黄鹤楼下的水与锦江之水联系起来，也可看到他对于家乡的思念，对于家乡美景的无限向往，为讲述自己的思归之情做了铺垫。之后，词人从写景转为了写人，以“剑外思归客”五字将人与上文提到的岷山、峨眉山、锦江等景物相连接，将思归之情全然表现了出来；又将黄鹤楼与赤壁矶一线相连，触发怀友之思。

上片末句“对此间、风物岂无情，殷勤说”，既对上片所写的内容进行了总结，又为下片所写的内容埋下伏笔，起到了承上启下的作用。

下片开头，苏轼便说劝友人不要去读那记录着三国时期，发生在江左吴国地区的时事及生活在那的人物言行的《江表传》。苏轼以如此愤慨的语气来让朱寿昌莫要去读，正说明这本书深深地触动到了他的内心。而以此书开头，也暗示了接下来在下片所提到的，应是三国时期的那些人与事了。果然，第一位就是那时，因觉自己才学过人而行为狂放的祢衡。他因忠于汉室，大骂曹操，使得曹操十分恼怒，但是他才名过盛，曹操不想承担杀害能人的骂名，故而未加害于他，而是将其转赠刘表，想要借刀杀人。到了刘表处，其过傲的性子还是没有改变，刘表不喜，但与曹操一样，忌惮他的才名，没有伤其性命，而是又将他转送给了夏江的太守黄祖。黄祖起先极爱其才，可他过于恃才傲物，目空一切，在大庭广众之下惹恼了黄祖，被黄祖下令杀死，葬在汉阳西南的沙洲上，时年二十六岁。因为祢衡曾经写过一篇《鹦鹉赋》，在民间广为流传，所以他死后，遗体所在的沙洲，便被后人称为“鹦鹉洲”。对于这样一位极富才华的狂人，苏轼对其逝去感到十分惋惜。先直写“狂处士，真堪惜”，直抒胸臆，又以“空洲对鹦鹉，苇花萧瑟”的悲凉之景，来寄托自己的情感。在这种悲伤、低落的情绪过后，苏轼又抒发了自己对于这件事情的看法——“不独笑书生争底事，曹公黄祖俱飘忽”。所谓的“不独笑”便是“不单单笑”的意思。那“笑”的究竟是什么呢？一便是笑祢衡，一直与那些权贵之士纠缠不清，二便是笑曹操与黄祖，虽说你们掌握着人的生杀大权，对于手无缚鸡之力的文士可以说杀就杀，但是你们现在又在哪里呢？不也都归于尘土，无迹可寻了吗？此二笑，将苏轼超然物外、随缘自适的人生态度全然展现在了读者的面前。而最后三句，则由历史转为了现实，希望友人不要沉迷于官场名利之中，将自己的精力放到写诗上去，撰写出能超过崔颢的《黄鹤楼》。李白当年游览黄鹤楼时，看到崔颢的诗，曾感叹道：“眼前有景道不得，崔颢题诗在上头。”苏轼在这里，借用李白的故事，一是为激励友人，二则也是他价值观的体现，他认为不要去追求那转瞬即逝的东西，要将目光放到那具有永恒价值的事物上来。

全词感情饱满，字里行间都充斥着极富特色的观点与情感，对于我们理解苏轼其人，有很大的帮助。

名家品词集

惠洪："诗者，妙观逸想之所寓也""苏轼妙观逸想"。

邹同庆、王宗堂：整首词，犹如两个敞开心扉的朋友在谈心，毫无离情别绪的流露，故题作"寄"朱寿昌，而非"送"朱寿昌。

刘石：词作的情感确实消沉了一些，但其中体现的慷慨块垒并非完全不具备"积极"的意义。

玩味苏词趣

1. 吟诵秘籍

满江红·寄鄂州朱使君寿昌

（○平声　●仄声　⊙可平可仄　△平韵　▲仄韵）

江汉西来，高楼下、蒲萄深碧。犹自带，岷峨雪浪，锦江春色。君是南山遗爱守，我为剑外思归客。对此间、风物岂无情，殷勤说。

⊙●○○，○⊙●、⊙○⊙▲。○●●，●○○●，●○⊙▲。⊙●⊙○○●●，⊙○⊙●○○▲。⊙⊙⊙、⊙●●○○，○○▲。

《江表传》，君休读；狂处士，真堪惜。空洲对鹦鹉，苇花萧瑟。不独笑书生争底事，曹公黄祖俱飘忽。愿使君、还赋谪仙诗，追黄鹤。

⊙⊙●，○●▲；○●●，○○▲。○○●○●，●○○▲。●⊙●⊙○○●●，⊙●⊙●○○▲。⊙⊙⊙、⊙●●○○，○○▲。

这首词中，韵脚为碧、色、客、说、读、惜、瑟、忽和鹤，在吟诵时，应吟得短促有力。

2. 字句对碰

(1) 词中的哪一句运用了比喻的手法，点出了江水的颜色？

（2）词中的哪一句暗含着李白与黄鹤楼之间的故事？

____

3. 我问你答

在《满江红·寄鄂州朱使君寿昌》一词中，苏轼没有运用到的写作手法是以下哪一种？（　　）

A. 用典　　B. 直抒胸臆　　C. 景中寓情　　D. 借代

4. 诗词运用

请根据提示，把下面的诗句填写完整。

（　　）此间、风物（　　）无情，殷勤（　　）。

5. 诗词游戏

请用“鹤”字集诗句。

____

6. 读词写文

在词中，苏轼在下片阐发了自己对于祢衡、曹操以及黄祖的看法，请你去了解一下他们之间的故事，对他们三人的所作所为进行评价，说说自己的观点与看法。

____

____

____

____

____

____

____

____

____

____

第十六讲　叹咏愁思

满江红·东武会流杯亭

上巳日作。城南有坡，土色如丹，其下有堤，壅郑淇水入城。

东武城南，新堤固、涟漪初溢。隐隐遍、长林高阜，卧红堆碧。枝上残花吹尽也，与君更向江头觅。问向前、犹有几多春，三之一。

官里事，何时毕。风雨外，无多日。相将泛曲水，满城争出。君不见兰亭修禊事，当时坐上皆豪逸。到如今、修竹满山阴，空陈迹。

解说

《满江红·东武会流杯亭》一词应是苏轼在宋神宗熙宁九年(1076)所作。

东晋永和九年(353)上巳日(农历三月初三)，王羲之与众名士于兰亭集会游玩，并写下《兰亭集序》。从此以后，上巳日在文人墨客的眼中，便成了一个富有诗情画意的节日，极具魅力。而苏轼在熙宁九年三月的上巳日，于密州城南的亭边"流觞曲水"时，想到了兰亭集会的盛况，不免感慨万分，作下此词。

词的上片描绘了词人在城南游春时所见到的景物，抒发了春色流逝，春留不住的感慨。下片先以叹惜没有多少时间欣赏春日开头，接着描绘了今日满城皆来赏春的盛况，最后感叹昔日"坐上皆豪逸"的兰亭集会已成陈迹。整首词从伤春开始，以咏史结尾，表现了苏轼对于自然、时间、生命和历史意义的思考和感悟。

注释

东武：此处指密州治所诸城。会，聚会。流杯亭，即诸城南禅小亭。

上巳(sì)：农历每月上旬的巳日。三月上巳为古时节日，习用三月初三日。

壅(yōng)：堵塞。郑淇，水名，由郑河、淇河于密州城南汇集而成，向东北流入潍河。

阜：土丘。

卧红：指花瓣被雨打落在地。

江头：指郑淇水边。

向前：往前，未来。

几多：多少。

春：指春光。

兰亭修禊(xì)：东晋永和九年(353)三月三日，王羲之与当时的名士共四十一人集合于会稽山阴(今浙江绍兴)兰亭，修祓禊之礼。众人作诗，王氏作《兰亭集序》。修禊，三月三日于水边采兰嬉游，以祛除不祥。

豪逸：指豪放不羁、潇洒不俗的人。

翻译

上巳日我写下了这首词。城南有个坡，坡土的颜色是像丹砂一样的红色。坡下面有水堤，将郑淇的水堵住，让它进入城中。

东武城南刚刚筑就新堤，郑淇河水开始流溢。微雨过后，浓密的树林，苍翠的山岗，红花绿叶，满地堆积。枝头残花早已随风飘尽，我与朋友同到江边把春天寻觅。试问未来还有多少春光？算来不过三分之一。

官衙里的公事纷杂堆积，风雨过后更无几多明媚春日。今日相约，泛杯曲水，全城百姓也争相聚集。您不曾闻知东晋兰亭修禊的故事？当日满座都是豪俊高洁之士。到如今只有长竹满山岗。往日陈迹，无从寻觅。

诵读点拨

本词的词题“东武会流杯亭”直接点明了这首词的写作地点，记叙的中心就是在流杯亭举行的这场聚会。

全词从城南引水入城的工程开始写起：东武城南刚刚筑就新堤，郑淇河水开始流溢。以此工程开头，一是照应了词序中所述的内容，二则是为后文的“泛杯曲水”埋下伏笔。之后，苏轼开始详细地描绘暮春时节的景物。微雨过后，树叶上的尘土被洗涤得一干二净，但在那浓密的树林和苍翠的山岗中，红花绿叶也被打落满地。在这里，苏轼以“红”和“碧”两个表示颜色的形容词活用为名词，用来借代花和叶，用词精简又生动形象。一“卧”一“堆”，两个动词，更是将雨后花木凋零的景象表现得淋漓尽致，让人感觉词人的叹息之声仿佛就在耳边。枝头残花早已随风飘尽，于是词人与友人转而奔向江边寻觅春天的痕迹。试问未来还能有多少春光呢？一番计算下来，还剩三分之一。这一答案，令苏轼感伤，不知不觉间，春光竟已逝去了那么多！但是也略有些安慰，春天虽已过去大半，但是仍有三分之一可令他观赏。故而，此处，词人在伤春的同时，也有些惜春的意味暗含其中。

下片笔锋一转，从写景变成了写事。开头先说官府公事繁杂，令自己无暇出行，又说常有风雨，清闲又明媚的春日并没有多少，凸显了像今天这样，流杯曲水的聚会十分难得。紧接着，词人描绘了集会时的盛况："我"与友人们相约在流杯亭聚会，全城的百姓都争相前来观看。虽说"相将泛曲水"照应词序，是全词的叙述中心，但是词人仅用了五个字直接带过，用墨极简，全诗着力于从别处对其进行凸显。上片对于暮春景物的描写便是其中一个铺垫。春将逝去，春景大不如前，但是"泛曲水"这一活动，在一定程度上弥补了这个缺憾，成为春日里一道独特的风景。再看"泛杯曲水"的场景描写，苏轼在词中没有直接讲述他们是如何游玩取乐的，而是选择了以"满城争出"四字，极言围观群众的数量之多，从侧面烘托出集会的热闹。同时也表达出了词人作为州郡长官，与民同乐的惬意与自得。最后，苏轼由眼前的盛会联想到了历史上的"兰亭修禊"。那时的兰亭集会何尝不是像今天这个聚会一样，高朋满座，热闹非凡。可如今唯见这长满长竹的山岗立于此处，当年饮酒赋诗的盛景，已经无处寻觅了。此处的感叹，不仅是怀古，更是在慨今。正如《兰亭集序》中所说："后之视今，亦犹今之视昔。"苏轼想表达的是时光流逝、时移事迁的悲叹。

这次的流杯亭集会给苏轼留下了十分深刻的印象。那年十二月，他离开密州时，还专门写了《别东武流杯》一诗，来表达自己的怀念之情。

名家品词集

沈际飞：单引一事，叹尽千秋。

卓人月：（"三之一"句）胜马庄父"十分春色今无儿"。

陈廷焯：风流疏狂，声流弦外，措辞饶有姿态，如灵和殿柳，三起三眠。

玩味苏词趣

1. 吟诵秘籍

满江红·东武会流杯亭

（○平声　●仄声　⊙可平可仄　△平韵　▲仄韵）

上巳日作。城南有坡，土色如丹，其下有堤，壅郑淇水入城。

东武城南，新堤固、涟漪初溢。隐隐遍、长林高阜，卧红堆碧。枝上残花吹尽也，与君更向江头觅。问向前、犹有几多春，三之一。

⊙●○○，○⊙●、⊙○⊙▲。○●●、●○○●，●○⊙▲。⊙●⊙○○●●，⊙○⊙●○○▲。⊙⊙⊙、⊙●●○○，○○▲。

官里事，何时毕。风雨外，无多日。相将泛曲水，满城争出。君不见兰亭修禊事，当时坐上皆豪逸。到如今、修竹满山阴，空陈迹。

⊙⊙▲，○●▲。○●●，○○▲。○○●○●，●○○▲。●⊙●⊙○○●●，⊙○⊙●○○▲。⊙⊙⊙、⊙●●○○，○○▲。

这首词的韵脚为溢、碧、觅、一、毕、日、出、逸和迹。在吟诵时，这些字应吟得短促有力。

2. 字句对碰

（1）词中的哪一句描绘了暮春时节的花叶满地的场景？

（2）苏轼描绘暮春之景的词作还有哪些？请列举一二。

---

3. 我问你答

“相将泛曲水，满城争出”一句中，哪两个字表现出了万人空巷的热闹？（　　）

A. “满”和“出”　　B. “争”和“出”

C. “满”和“争”　　D. “泛”和“争”

4. 诗词运用

请根据提示，把下面的诗句填写完整。

枝上（　　）花吹（　　）也，与君更向江头（　　）。

5. 诗词游戏

请用“江”字集诗句。

6. 读词写文

在这首词中，苏轼并未对集会的具体场景展开描写，请你联系《兰亭集序》，发挥想象，说一说，他们在聚会上可能做了些什么事情？说了些什么话？

第十七讲　仕途多难

沁园春·孤馆灯青

孤馆灯青，野店鸡号，旅枕梦残。渐月华收练，晨霜耿耿；云山摛锦，朝露漙漙。世路无穷，劳生有限，似此区区长鲜欢。微吟罢，凭征鞍无语，往事千端。

当时共客长安。似二陆初来俱少年。有笔头千字，胸中万卷；致君尧舜，此事何难。用舍由时，行藏在我，袖手何妨闲处看。身长健，但优游卒岁，且斗尊前。

解说

《沁园春·孤馆灯青》是苏轼在熙宁七年（1074）所作。当时，他从杭州被调往密州（今山东诸城）任职，他的弟弟子由则在齐州（今山东济南）为官。他本来想在赴职途中绕道去齐州看看弟弟，但是没能如愿，于是就在从海州到密州的路上写了这首词，寄给子由。

上片开头围绕着词序中的“早行”二字展开，“孤馆灯青”三句说的是“早”，而“渐月华收练”四句说的是“行”，描绘的是早行路上所看到的景物。接着，词人由“早行”引发出身世坎坷的悲叹。人生时间有限，欢乐又如此之少，令人无奈，虽说“凭征鞍无语”，但万千往事又涌上心头。下片则承接“往事”二字，回忆了兄弟二人过往曾有的少年意气，又表达了自己如今的处事态度，使得二者形成鲜明的对比。而他产生此种变化的原因，正是他在这官场之中经历的一切。因此，“袖手”之后的言论，表达的乃是他因理想无法实现而产生的愤懑之情。

注释

孤馆：寓居客舍住的人很少。

灯青：点着灯起床，灯发着青光。

野店鸡号：说明走得早。温庭筠《商山早行》：“鸡声茅店月，人迹板桥霜。”野，村落。

月华收练：月光像白色的绢，渐渐收起来了。

耿耿：明亮的样子。

摛（chī）锦：似锦缎展开。形容云雾缭绕的山峦色彩不一。

漙漙（tuán）：露多的样子。

凭征鞍：站在马身边。词题小序说“马上”，是作者骑着马行进。

共客长安：兄弟二人嘉祐间客居汴京应试。长安，代指汴京。

二陆：指西晋文学家陆机、陆云兄弟。《晋书·陆云传》：“少与兄机齐名，虽文章不及机，而持论过之，号曰‘二陆’。”西晋初同至洛阳。此以“二陆”比自己及弟辙。

袖手：不过问。

优游卒岁：悠闲地度过一生。

且斗尊前：犹且乐尊前。唐代牛僧孺《席上赠刘梦得》：“休论世上升沉事，且斗尊前见在身。”斗，争斗，这里是起舞戏乐的意思。尊，酒杯。

翻译

孤零零的旅舍灯光青冷，厌听这荒野鸡鸣，收拾起旅枕残梦。晓月渐渐淡去了白绢似的皎洁，微亮的晨霜一片晶莹；山上云白如展开的锦缎，朝露点点与晨光辉映。人世间的行程没个尽头，有限的是这劳顿的人生。似这般无足称道的平庸，难得有欢愉的心境。我这里独自低吟罢，站在马边，悄无声，许多往事涌上心头。

当年我们风华正茂，同时客居在汴京，如同陆机、陆云兄弟，初到京城时还年轻。幸有妙笔在手而文思敏捷，胸中有万卷诗书，自以为辅佐圣上使其成为尧舜，该是星月同辉，事业必成。其实重用与否在于时势，入世出世须由自己权衡。不妨袖手闲看风云，少不得那分明哲与淡定。好在你我身体康健，只须终年悠闲游乐，姑且杯中寻醉慰平生。

诵读点拨

这首词由描写景物入手转而抒发自己的情感，又从如今的生活转而回忆过往的故事，展现了苏轼仕途的坎坷，表达了其壮志难酬的苦闷。

词的上片以“孤馆灯青，野店鸡号，旅枕梦残”开头，点明了此时仍是清晨，旅店的灯还亮着，天还是灰蒙蒙的，而词人听厌了这荒野的鸡鸣，收拾好旅枕残梦准备赶路了。“月华收练，晨霜耿耿；云山摛锦，朝露漙漙”则是他在路上所看到的景物。月亮渐渐地收起了它皎洁的光亮，晨霜开始变得明亮，而云雾缭绕的山峦色彩不一，早晨的露水越积愈多。这些景物组合在一起，形成了一幅宁静而又美好的图景，令人心旷神怡。但是急着赶路的词人对此无心欣赏。想到人生之路漫长得看不到尽头，而这奔波辛劳的生活却总是有限的。即使在这样有限的生活里，欢乐的时刻也屈指可数。望着这样的风景，抱着这样的悲伤，苏轼站在马边，无声地陷入了沉思，回忆起自己与弟弟二人的千端往事。

他们兄弟二人当时共同来到长安，就像陆机、陆云兄弟那样，当年都还是翩翩少年的模样。并且他们二人肚中有墨水，胸中有志气，决心成为君主的左膀右臂，帮助他成为像尧舜那样英明的君主。从“当时”到“此事何难”六句，可以看到文字背后词人的意气风发与踌躇满志。但是接下来却笔锋一转，站在如今的时间点上，开始说“用舍由时，行藏在我，袖手何妨闲处看”，他开始向后退，想要离开官场，做个袖手旁观的局外人。同少年时的锐意进取形成了鲜明的对比，不是他的志向发生了改变，而是现实让他们低了头。他们没有受到重用，才华没能得到施展，只能如此相互安慰。

这首词除了开头几句描绘了一幅游人早行图之外，其余大多是在发表自己的看法，是一篇直抒胸臆的言志之作。

在议论、抒怀的部分，词人并未刻意去遣词造句，但是经史子集中的句子却能信手拈来。“有笔头千字，胸中万卷；致君尧舜，此事何难”四句，便是化用了杜甫在《奉赠韦左丞丈二十二韵》中所写的“读书破万卷，下笔如有神”“致君尧舜上，再使风俗淳”四句。之后，又化用了《论语》中所写的“用之则行，舍之则藏，惟我与尔有是夫”一句，告诉弟弟，无论是出仕还是归隐，都是由他们自己所决定的。又将“优哉游哉，聊以卒岁”以及“休论世上升沉事，且斗尊前见在身”两句进行改造，化入词中，来开导弟弟，劝慰自己，不要为官场俗世所累，从游玩、饮酒中，去寻找快乐。作者在这些原有的典故中，汲取营养，进行创造，将自己的观点和情感全然表达了出来。

此外，全词的结构清晰，上片的写景与下片的抒情议论组合在一起并不显得突兀，反令人觉得缺一不可。开头形容景物的字眼皆是“孤”“青”“野”“残”等字，营造出了一种凄凉、孤独的氛围。在如此的环境中，发出类似“世路无穷，劳生有限”这样的感叹，一点儿也不会令人感到奇怪，也就是通过这一句，使得描述的对象由自然之景转向了现实生活，转向了对往事的回忆。而“用舍由时，行藏在我”一句，又顺利地将读者的视线从追忆往事中拉回现实。站在当下，听词人对于今后生活的规划和看法。在词中，苏轼既对所见景物进行了详细刻画，又对政治进行了论说，还将自己的人生观和价值观通过议论表达了出来，抒发了自己壮志难酬，只有醉情山水，聊以慰藉的心情。全词一气呵成，令人叹服。

但是，这首词在艺术上却有些不足之处，若将它同《水调歌头·明月几时有》进行比较，我们就可以发现，仅仅用抽象的说理议论来取代具体的形象描述，并不能达到词人所期望的效果。以“身长健，但优游卒岁，且斗尊前”与“但愿人长久，千里共婵娟”两句为例，二者都是在表达“只希望我们身体健康，一同享受自然之美好”，但是在意境上，前者远不如后者那样动人。

名家品词集

元好问：“野店鸡号”一篇，极害义理，不知谁所作，世人误为东坡，而小说家又以神宗之言实之，云神宗闻此词不能平，及贬坡黄州，且言教苏某闲处袖手，看朕与王安石治天下。……集中如“当时共客长安，似二陆初来俱少年。有笔头千字，胸中万卷，致君尧舜，此事何难。用舍由时，行藏在我，袖手何妨闲处看”之句，其鄙但浅近，叫呼炫鬻，殆市驵之雄。醉饱而后发之，虽鲁直家婢仆且羞道，而谓东坡作者，误矣。

玩味苏词趣

1. 吟诵秘籍

沁园春·孤馆灯青

（○平声　●仄声　⊙可平可仄　△平韵　▲仄韵）

赴密州，早行，马上寄子由。

孤馆灯青，野店鸡号，旅枕梦残。渐月华收练，晨霜耿耿；云山摛锦，朝露漙漙。世路无穷，劳生有限，似此区区长鲜欢。微吟罢，凭征鞍无语，往事千端。

⊙●○○，●●○○，●●●△。●⊙○⊙●，⊙○⊙●；⊙○⊙●，⊙●○△。⊙●○○，⊙○⊙●，⊙●○○⊙●△。○○●，●⊙○⊙●，⊙●○△。

当时共客长安。似二陆初来俱少年。有笔头千字，胸中万卷；致君尧舜，此事何难。用舍由时，行藏在我，袖手何妨闲处看。身长健，但优游卒岁，且斗尊前。

○○⊙●○△。●⊙●○○⊙●△。●⊙○⊙●，⊙○⊙●；⊙○⊙●，⊙●○△。⊙●○○，⊙○⊙●，⊙●○○⊙●△。○○●，●⊙○⊙●，⊙●○△。

这首词的韵脚是残、薄、欢、端、安、年、难、看和前。在吟诵时，这些字应吟得短促有力。

2. 字句对碰

(1) 词中的哪一处，接连化用了两个典故？

____

(2) 下片哪一句话的出现，体现出了词人在仕途上遭遇了很多挫折？

____

3. 我问你答

“孤馆灯青，野店鸡号，旅枕梦残”一句中，哪几个字营造出了凄清的氛围？(　　)

A. 孤；青；残　　B. 孤；青；野

C. 青；野；残　　D. 孤；野；残

4. 诗词运用

请根据提示，把下面的诗句填写完整。

(　　)长健，(　　)优游卒岁，且(　　)尊前。

5. 诗词游戏

请用“路”字集诗句。

____

6. 诗词对碰

这首词与第一讲的《水调歌头·明月几时有》一样，都是写给弟弟子由的。请你将二者放在一处，进行比较，结合写作背景，说说这两首词中流露出来的情感有何相似？又有何不同？并说明原因。

____

____

____

____

____

第十八讲　韩诗隐括

水调歌头·昵昵儿女语

欧阳文忠公尝问余："琴诗何者最善？"答以退之听颖师琴诗最善。公曰："此诗最奇丽，然非听琴，乃听琵琶也。"余深然之。建安章质夫家善琵琶者，乞为歌词。余久不作，特取退之词，稍加隐括，使就声律，以遗之云。

昵昵儿女语，灯火夜微明。恩怨尔汝来去，弹指泪和声。忽变轩昂勇士，一鼓填然作气，千里不留行。回首暮云远，飞絮搅青冥。

众禽里，真彩凤，独不鸣。跻攀寸步千险，一落百寻轻。烦子指间风雨，置我肠中冰炭，起坐不能平。推手从归去，无泪与君倾。

解说

《水调歌头·昵昵儿女语》一词写于宋神宗元丰四年(1081)正月。当时的苏轼居于黄州，因章质夫家的乐师求词，故而对韩愈所写的《听颖师弹琴》一诗进行了改编，写就此词。

词的上片运用形象的比喻，对于不同风格的音乐进行了描绘；下片则运用了对比和侧面描写，突出了音乐的感染力之强。全词虽说是对韩诗的隐括，但是苏轼在保留原诗的妙趣与神韵的基础上，又进行了创新，增添了自己听音乐时的感受，使得全词读来更为动人。

注释

欧阳文忠公：即欧阳修，北宋文学家。

退之：即韩愈，字退之，唐代文学家。

听颖师琴诗：指韩愈诗作《听颖师弹琴》。

隐括：亦作"檃括"，原义是矫正曲木的工具。词的檃括是将其他诗文剪裁改写为词的形式，宋人常有此类作品。

尔汝：表亲昵。

填然：状声响之巨。

青冥：形容青苍幽远。指青天。

跻(jī)攀：攀登。

翻译

欧阳文忠公曾经问我："琴诗哪一首写得最好？"我回答韩愈的《听颖师弹琴》诗最好。欧阳公说："这首诗最为奇妙艳丽，但不是听琴，而是听琵琶呢。"我深以为然。建安章质夫的家里有擅长弹琵琶的人，请我替他写首曲词。我很久没有写词了，为此特意将韩愈的这首诗，稍微加以隐括，使它合乎声律，用来送给那个擅弹琵琶的人。

乐声初发，仿佛静夜微弱的灯光下，一对青年男女在亲昵地窃窃私语。弹奏开始，音调既轻柔、细碎而又哀怨、低抑。忽然曲调变得高昂，犹如气宇轩昂的勇士，在填然骤响的鼓声中，跃马驰骋，不可阻挡。乐声就如远天的暮云，高空的飞絮一般，极尽缥缈幽远之致。

百鸟争喧，明媚的春色中振颤着婉转错杂的啁啾之声，唯独彩凤不鸣。瞬息间高音突起，好像走进悬崖峭壁之中，寸步难行。接着音声陡然下降，宛如突然坠入深渊，一落千丈，之后弦音戛然而止。弹者好像能兴风作雨，让人肠中忽而高寒、忽而酷热，坐立不宁。弹者把琵琶一推放下，听众再也没有泪水可以倾洒了。

诵读点拨

这首词是苏轼依据《听颖师弹琴》一诗改编而成的，使其由诗的格式变为词的格式，符合词的声律。虽说求变，但二者整体的写作手法和架构是相同的。从写作技巧来看，二者都使用了比喻的手法，将乐声具象化，使得抽象的听觉感受，转化成了具体可感的空间和画面，仿佛将读者也拉入了美妙的音乐世界之中，令人动容。从结构上来看，两首作品都先对不同的音乐风格，进行了横向的比较，再写音乐本身先繁后简，先高后低的纵向变化。最后，抒发自己听闻乐声后的感慨。脉络清晰，层次分明。

在描绘音乐的不同风格时，词人先是运用了"添"的手法，增添对乐声的描绘，使之更为具体形象；又对韩诗的诗句进行了改写，使之具有新意。

韩诗中"昵昵儿女语"一句。描述的是一对男女在亲密地窃窃私语的场景，本就已写出了声音的轻柔，苏轼在此基础上，又增添了"灯火夜微明"这一环境的描写，将他们互诉衷肠的时间安排在深夜，此时天已全黑，整个房间只有一盏光线微弱的灯，显得环境越发静谧，声音更为微弱。

接下来，"恩怨尔汝来去"又进一步描述了这对儿女"昵昵私语"的状态，他们就这样不断地向对方诉说着自己的爱意，循环往复，喋喋不已。此种感受虽说具体，但仅停留在听觉层面。苏轼添以“弹指泪和声”一句，意为俩人谈了整夜，但是感觉弹指之间，时间就过去了，情谊如此浓厚，但是却不得不面对分别。客观时间与主观感受上的对比使人在心理上形成了一种巨大的落差，读来倍感哀婉凄凉。

随后，曲调忽而由低变高，所描绘的画面从儿女情长变为了战场厮杀，语言风格也一下由婉约变得豪迈，但是这种转变并不突兀，反令人豁然开朗：原来之前的分别，是男子为上战场，建功立业，报效国家所致。

韩诗中“划然变轩昂，勇士赴敌场”一句，将乐声的变化直接展现在了读者的面前，再运用联想，告诉读者，此种音乐便如勇士奔赴战场时的斗志一般昂扬。而苏轼则将此两句融为“忽变轩昂勇士”六字，简洁明了，又对勇士究竟如何“轩昂”进行了刻画——一鼓填然作气，千里不留行——他们在响亮的鼓声中奋勇向前，势不可挡，使得勇士的昂扬精神进一步得到显现，增强了乐声的感染力。

最终，镜头由激烈的战场厮杀转到了战场的天空之上，白云浮动，柳絮纷飞，乐声又转为悠扬缥缈。此处，苏轼将韩愈所提到的“浮云”和“柳絮”分别进行描绘，从句意上来看，未发生很大的改变，但从结构上来看，句子显得更为完整。“回首暮云远”一句，乃是化用了王维所写的“回看射雕处，千里暮云平”而成，与前文相接，过渡自然，使得上片连成了一个完整的动态电影镜头。

而在对比乐声的纵向变化时，词人主要改变了韩诗中句子的形式，句意上未作太大的修改。

在明媚的春光中，百鸟皆争相鸣叫，展现自己的歌喉，但唯独彩凤不鸣。一喧闹，一沉寂，让人不禁好奇彩凤之声究竟是何样子，也令人深思，那喧闹不已，不断炫耀之人，往往都是徒有其表，真有内涵之物，往往低调内敛。之后，琴声又陡然而起，曲调不断向上攀爬，逐渐艰涩，使人仿佛走到了峭壁之上，举步维艰。正在难以行进之时，琴声突然下降，好像带着人一同坠入了万丈深渊，声音在此时戛然而止。此种变化之声，令人叹服。

作品的最后，无论是苏轼还是韩愈，都运用了侧面描写，以听众的激动来展现乐曲弹奏之高妙。但苏轼删去了原诗中的“嗟余有两耳，未省听丝篁。自闻颖师弹，起坐在一旁”四句，显得词作的主题更为突出，词意更加连贯。又将原作中的句子形式、顺序进行改变，让人读来，耳目一新。

“有劳您在手指间呼风唤雨，让我一会儿满腔高兴，一会儿心情沮丧，如同把冰与火都放置在了我的肠中，让我坐立难安。”在此处，作者与演奏者直接进行对话，一下拉近了两人之间的距离。最后又对现场的画面进行了描绘，弹琴者将琴推开之后，听琴的人都已再无泪水可以挥洒。以“无”写“有”，体现弹奏之高妙。

苏轼这首词的“隐括”，通过添、删、变三种手法，使得作品在原有的基础上，又焕发出了新的生命色彩，形成了独特的魅力，值得后世欣赏学习。

名家品词集

黄庭坚：东坡公听琵琶一曲，奇甚。

卓人月：其缓调高弹，急节促挝，可以目听。

沈际飞：其缓调高弹，急节促挝，可以目听。

玩味苏词趣

1. 吟诵秘籍

水调歌头·昵昵儿女语

（○平声　●仄声　⊙可平可仄　△平韵　▲仄韵）

欧阳文忠公尝问余：“琴诗何者最善？”答以退之听颖师琴诗最善。公曰：“此诗最奇丽，然非听琴，乃听琵琶也。”余深然之。建安章质夫家善琵琶者，乞为歌词。余久不作，特取退之词，稍加隐括，使就声律，以遗之云。

昵昵儿女语，灯火夜微明。恩怨尔汝来去，弹指泪和声。忽变轩昂勇士，一鼓填然作气，千里不留行。回首暮云远，飞絮搅青冥。

⊙●●○●，⊙●●○△。⊙○⊙●○⊙，⊙●●○△。⊙●○○⊙●，⊙●○○⊙●，⊙●●○△。⊙●●○●，⊙●●○△。

众禽里，真彩凤，独不鸣。跻攀寸步千险，一落百寻轻。烦子指间风雨，置我肠中冰炭，起坐不能平。推手从归去，无泪与君倾。

⊙⊙⊙，⊙⊙●，●○△。⊙○⊙●○⊙，○●●○△。⊙●○○⊙●，⊙●○○⊙●，⊙●●○△。⊙●⊙○●，⊙●●○△。

在这首词中，词的韵脚为明、声、行、冥、鸣、轻、平和倾。在吟诵时，这些字应吟得轻而长。

2. 字句对碰

（1）词中哪句话，描绘出了乐声的高昂激扬？

（2）无论是《听颖师弹琴》，还是《水调歌头·昵昵儿女语》，描绘的皆是琵琶的弹奏之声，你还知道哪首作品，也是描绘琵琶弹奏之声的佳作吗？

3. 我问你答

上阕中的音乐风格变化多端，请你用三个四字词语对其进行概括。

4. 诗词运用

请根据提示，把下面的诗句填写完整。

（　　）子指间风雨，置我肠（　　）冰炭，起坐不能（　　）。

5. 诗词游戏

请用“炭”字集诗句。

6. 读词写文

苏轼对韩愈所作之诗进行了隐括，使之变成了一首合乎声律的词。请你试着以韩诗、苏词为基础，将其变成一篇文字优美、语句连贯的小短文。

第十九讲　报国立功

江城子·密州出猎

老夫聊发少年狂，左牵黄，右擎苍，锦帽貂裘，千骑卷平冈。为报倾城随太守，亲射虎，看孙郎。

酒酣胸胆尚开张，鬓微霜，又何妨？持节云中，何日遣冯唐？会挽雕弓如满月，西北望，射天狼。

解说

《江城子·密州出猎》作于熙宁八年(1075)，当时的苏轼正在密州担任太守一职。

全词描绘了一场壮观的围猎，且借用历史典故表达了自己想要上阵杀敌，报效朝廷的心愿，暗示希望朝廷能看到自己的满腔豪情，对自己委以重任。

注释

老夫：作者自称，时年三十八。

聊：姑且，暂且。

狂：豪情。

锦帽貂裘：名词作动词使用，戴着华美鲜艳的帽子，身穿貂鼠皮衣。貂裘是汉羽林军穿的服装。

千骑卷平冈：成千的骑士纵马奔驰，马下尘土飞扬，像卷席子一般掠过山冈。

太守：指作者自己。

孙郎：孙权。这里借以自喻。

持节：奉有朝廷重大使命。

天狼：星名，又称犬星。词中以之隐喻侵犯北宋边境的辽国与西夏。

翻译

我虽年老却兴起少年时打猎的豪情，左手牵着黄犬，右手举起鹰苍。戴上锦蒙帽穿好貂皮裘，率领随从千骑席卷平展的山冈。为了报答全城的人跟随我出猎的盛意，我要像昔日的孙权一样亲自射杀猛虎。

我虽沉醉但胸怀开阔、胆略兴张，鬓边白发有如微霜，这又有何妨！什么时候派遣人拿着符节去边地云中，像汉文帝派遣冯唐。我将使尽力气拉满雕弓，朝着西北瞄望，奋勇射杀敌人。

诵读点拨

熙宁三年(1070)，西夏大举进攻环、庆二州。次年，攻陷抚宁诸城。也正是在这一年，苏轼上书谈新政的弊端，被王安石记恨，令御史在皇帝面前说他的坏话。因此，苏轼请求外调，从杭州来到密州担任太守一职。虽说他人不在政治中心，但是对于国家之事，一直十分关心。他在任上致力于改善当地百姓的生活水平，而在心里，也十分渴望能够带兵打战，击退外敌。所以，出猎一事，可能是偶尔一时兴起决定的，但是出战一事，绝对是其平生的夙愿。

开篇“老夫聊发少年狂”，意为“老夫我兴起了少年时期打猎的豪情”。在这句话中，苏轼虽然以“老夫”自称，但当时的他年纪并不大，还未满四十。故而，这一称呼可以理解为苏轼的一种自嘲。而句尾的“狂”字则是全篇的写作线索。此种豪情，贯穿始终。

紧接着的“左牵黄”四句则描绘了出猎时的场景：身为密州太守的苏轼左手牵着黄犬，右臂上停着一只苍鹰，头戴锦帽，身穿貂裘，率领着众多随从，席卷平展的山岗，气势恢宏。而城中的百姓也都来看他打猎了，场面热闹非凡。身为这场狩猎的组织者和领导者，苏轼深受鼓舞，为了报答百姓随行出猎的厚意，他决定一展雄姿，向当年的孙权看齐，亲自射杀猛虎。杀虎已是令人诧异，以吴国君主孙权自比更是“狂妄”！如此的豪兴，使得观者也忍不住热血沸腾。

在上片中，主要表达的还是词人在“出猎”这一特定场合下，所表现出来的狂热与豪放。下片便并非如此了。他将笔锋一转，从猎场写到了战场，从描写转为了议论。

过片三句“酒酣胸胆尚开张”，写的应是打猎后的场景，有肉岂可无酒，而饮酒后，使得原本便洋溢着豪情的苏轼身上又多了一分不羁，他应是举着酒杯对着满座随从高喊：“鬓微霜，又何妨？持节云中，何日遣冯唐？”在此处，连用两个问句，将他想要为国立功的急切心情表现得淋漓尽致，也体现出了他通过这次围猎，对于自己的带兵能力有了极大的信心。

且“持节云中，何日遣冯唐？”一句还化用了汉武帝派遣冯唐持节赦免被贬官的魏尚，并对他委以重任的典故。苏轼的内心也期盼得到皇帝的赏识，渴望能有一天征战沙场，建功立业。

词的末尾便是苏轼在表明自己的决心：若是有一天得到了这个机会，那么他便会用尽全身的力气将雕弓拉得如满月一般，朝着西北方向瞄准，奋勇射杀敌军。

我们皆知苏轼乃是一介文人，但是他却将自己刻画成了一个孔武有力、气概非凡的武士形象，可见其冲天之豪气。

这首词是苏轼豪放词的代表作之一。先写围猎的热闹欢娱，再抒兴国安邦之志，二者之间不仅衔接自然，而且将词作的境界一下提高，为词的创作提供了新的思路。作者运用了多种写作手法，将叙事、言志、用典融于一体，使得词中的豪情发挥到了极致。

名家品词集

俞平伯：（“持节”二句）这里盖以冯唐自比，兼采左思《咏史》“冯公岂不伟，白首不见招”及王勃《滕王阁序》所谓“冯唐易老”等意，承“鬓微霜，又何妨”来，亦即上文所谓“老夫”。

玩味苏词趣

1. 吟诵秘籍

江城子·密州出猎

（○平声　●仄声　⊙可平可仄　△平韵　▲仄韵）

老夫聊发少年狂，左牵黄，右擎苍，锦帽貂裘，千骑卷平冈。为报倾城随太守，亲射虎，看孙郎。

⊙○⊙●●○△，●○△，●○△，⊙●○○，⊙●●○△。⊙●⊙○○●●，○●●，●○△。

酒酣胸胆尚开张，鬓微霜，又何妨？持节云中，何日遣冯唐？会挽雕弓如满月，西北望，射天狼。

⊙●⊙●●○△，●○△，●○△？⊙●○○，⊙●●○△？⊙●⊙○○●●，○●●，●○△。

在这首词中，韵脚为狂、黄、苍、冈、郎、张、霜、妨、唐和狼。这些字在吟诵时，应吟得轻而长。

2. 字句对碰

（1）词中的哪一个字是全词的线索？

（2）词中的“天狼”是什么意思？

3. 我问你答

词中哪句话化用了《史记》中的典故？（　　）

A. 为报倾城随太守，亲射虎，看孙郎。

B. 持节云中，何日遣冯唐？

C. 会挽雕弓如满月，西北望，射天狼。

D. 老夫聊发少年狂，左牵黄，右擎苍，锦帽貂裘，千骑卷平冈。

4. 诗词运用

请根据提示，把下面的诗句填写完整。

会（　　）雕弓如满月，西北（　　），（　　）天狼。

5. 诗词游戏

请用“弓”字集诗句。

6. 读词写文

请你想象一下，苏轼若是如愿上了战场，会发生什么样的故事？请你根据其生平经历，写一写。

第二十讲　况味自嘲

鹧鸪天·林断山明竹隐墙

林断山明竹隐墙。乱蝉衰草小池塘。翻空白鸟时时见，照水红蕖细细香。

村舍外，古城旁。杖藜徐步转斜阳。殷勤昨夜三更雨，又得浮生一日凉。

解说

这首词是宋代词人苏轼于宋神宗元丰六年(1083)所写，当时的他已谪居黄州(今湖北黄冈)三年，官场上所遭受的打击使他时常感到哀伤，为寻找情绪出口，他渐渐形成了随遇而安的想法。

词中提到的翠竹鸣蝉、白鸟红蕖、清凉夜雨等物皆出现于夏末秋初之际，可见，这首词所写的乃是词人于夏末雨后，拄着藜杖漫步郊外时的所见所闻所感。

词的上片写景，通过由远到近、由上到下的视角变化，加上听觉、嗅觉的感受，勾勒出了一幅郊外野趣图。下片则转向自身，写他于村外城旁，执杖缓行，在自然美景之间穿梭的场景，这是一种享受，亦是一种百无聊赖的落寞。因此，昨夜殷勤送雨的天公，不仅送来了凉爽的天气，也令词人的内心感受到一丝悲凉。

注释

林断山明：树林断绝处，山峰显现出来。

翻空：在空中飞翔。

红蕖(qú)：荷花。

古城：当指黄州古城。

杖藜：拄着藜杖。

殷勤：劳驾，有劳。

浮生：意为漂浮不定的人生。

翻译

远处树林尽头，有座高山清晰可见；近处丛生的翠竹围绕在屋舍旁。院落旁有一长满衰草的小池塘，蝉声四起，叫声乱成一团。空中不时有白色的小鸟上下翻飞，满池荷花，映照绿水，散发出柔和的芳香。

在乡村的野外，古城墙的近旁，我手拄藜杖徐徐漫步，转瞬已是太阳西落。

昨天夜里三更时分，天公殷勤地降下一场微雨，今天又能使漂泊不定的人享受一日的爽心清凉。

诵读点拨

全词描绘了夏日雨后的乡村景象。上片写景，将词人游玩时的所见所闻皆展示在了读者的面前；下片刻画了一个拄杖慢行于村舍旁的游人形象，点明先前所见之景，都是由于昨夜的夏雨所致，抒发了词人雨后游玩时的闲适与欢娱。这种先写景，后写赏景之人的手法别出心裁，与一般的写作顺序不同，避免了平铺直叙的无味，叙事婉转、含蓄，具有韵味。上下片组合起来，形成了苏轼被贬黄州期间，居于乡野之地时的生活的剪影。

词的开头从远处郁郁葱葱的树林入笔，林子的尽头是高耸的山峰。接着，镜头一转，将读者的视线从远处拉回到近处的屋舍边，屋旁竹林环绕，蝉声四起，还有长满枯草的池塘。“林断山明竹隐墙”“乱蝉衰草小池塘”，短短十四个字，却包含了林、山、竹、墙、蝉、草、池塘七种不同的景物，且通过描写远处的山林营造出的开阔之感，与近处的竹、墙、蝉、草、池构成的狭小拥挤之景形成了鲜明的对比，但又不突兀，此种笔力，实是令人叹服。从词人自身来看，他向往的朝堂正如树林尽头那耸立于天地之间的高山，那是被一整个树林阻隔着的、无法触碰到的、极远的景物。他所拥有的只有被竹子围绕着的屋舍、枯草丛生的池塘以及杂乱的蝉声。此种境遇，纵然苏轼有千般智慧，万般才华，终是无处施展，只能过着隐士的生活。这样的无奈之感，在词中若隐若现，贯彻始终。

紧接着的“翻空白鸟时时见，照水红蕖细细香”两句，则是先从空中不时飞过的白鸟着手，最终落笔于池中不断散发幽香的红色荷花。白鸟与红蕖放在一处，实现了由高到低的空间转换，结合起来，仿若一幅清新淡雅的水墨画，令人心旷神怡。不仅如此，在这两句中，词人还对这两种景物进行了细腻的刻画。鸟和荷花两者的颜色、姿态皆有交代。鸟为白鸟，花为红花；鸟儿在空中翻飞，花儿照映绿水，还散发着细细的、不易为人察觉的清香。整个场景给人带来了视觉和嗅觉的极高享受。若是抛开世俗的因素，能在这样的乡野度日，夫复何求？但是苏轼描写这样的画面，并非是因自己被景色打动所致，而是因为他被贬至此，百无聊赖，只能自己寻找寄托，自我安慰。这一点，从下片中，词人所刻画的自我形象中也能找到些许端倪。

夕阳西下，拄着藜杖的词人在村舍边的小路上缓缓前行。此时的词人才四十多岁，究竟为何要拄杖漫步呢？是真的未老先衰吗，还是因为生病所致？是为表达隐居之人的怡然自得，还是百无聊赖、消磨时光的失意？相信读完全词，读者们自有分辨。

词末“殷勤昨夜三更雨，又得浮生一日凉”两句，从字面上来看，是指昨夜三更时分，天公殷勤地降下了一场好雨，使得词人能够享受一日的爽心清凉。但是，细品之下，我们可以发现，“殷勤”二字，似乎颇有深意，好像在说：几经贬谪的“我”应是早该被世人所遗忘了，所幸的是天公还记得，在三更时分，为“我”降雨。因此，“殷勤”二字，还暗藏着词人的身世之感。而“又得浮生一日凉”，则是词中抒情最为明显的一句了。所谓的“浮生”，就是指飘忽不定的人生，可见苏轼对于生活抱有一种消极的态度。而这种人生观，乃是他受庄子的思想影响所致，《庄子·刻意》篇中说：“其生若浮，其死若休。”便是此理。而“又得浮生一日凉”中的“又”字，对于我们理解文本也有极大的帮助。它表示的意思是，这样的日子已经日复一日地轮回多次了，生活令他看不到好转的希望，只能在这样百无聊赖的日子里，不断消磨着自己的岁月。可见，其情之悲。

综上，我们可知，无论是环境描写还是人物形象的刻画，显露出的都不是居于乡村怡然自乐的隐者形象，而是一个被迫远离朝堂，才华无处施展，郁郁寡欢的“罪臣”形象。

名家品词集

郑文焯：“渊明诗：‘啸傲东轩下，聊复得此生。’此词从陶诗中得来，逾觉清异。较‘浮生半日闲’句，自是诗词异调。论者每谓坡公以诗笔入词，岂审音知言者？”

俞陛云：情真景真，随手写来，盎然天趣。结尾二句较“一雨虚斋三日凉”诗尤耐吟讽。

玩味苏词趣

1. 吟诵秘籍

鹧鸪天·林断山明竹隐墙

（○平声 ●仄声 ⊙可平可仄 △平韵 ▲仄韵）

林断山明竹隐墙。乱蝉衰草小池塘。翻空白鸟时时见，照水红蕖细细香。

⊙●○○⊙●△。⊙○⊙●●○△。⊙○⊙●○○●，⊙●○○⊙●△。

村舍外，古城旁。杖藜徐步转斜阳。殷勤昨夜三更雨，又得浮生一日凉。

○●●，●○△。⊙○⊙●●○△。⊙○⊙●○○●，⊙●○○⊙●△。

这首词的韵脚是墙、塘、香、旁、阳和凉。在吟诵时，这些字应吟得短促有力。

2. 字句对碰

（1）词中哪两句话组合在一起，勾勒出了夏末秋初雨后，村舍周围烦乱衰落的景象？

______

（2）词中哪一句运用了化用的手法？

______

3. 我问你答

“殷勤昨夜三更雨，又得浮生一日凉”一句中，哪些词带有浓厚的情感色彩？（　　）

A. 殷勤；又；浮生　　B. 殷勤；三更雨；浮生

C. 三更雨；又；浮生　　D. 三更雨；浮生；一日凉

4. 诗词运用

请根据提示，把下面的诗句填写完整。

杖藜徐步（　　）斜阳。殷勤昨夜（　　）更雨，（　　）得浮生一日凉。

5. 诗词游戏

请用“池”字集诗句。

______

6. 读词写文

请你写一写，如果你是苏轼，你在看到这样美好的乡村景物时会想些什么？请结合苏轼的生平经历来说。

______

______

______

______

______

参考答案

第一讲

2.（1）明月几时有？把酒问青天。

（2）屈原;李白。

3. A

第二讲

2.（1）玉骨那愁瘴雾,冰姿自有仙风。

（2）海仙时遣探芳丛。

3. C

第三讲

2. 谁怕。

3. C

第四讲

2.（1）昨夜东坡春雨足,乌鹊喜,报新晴。

（2）都是斜川当日景,吾老矣,寄余龄。

3. D

第五讲

2. (1) 火冷灯稀霜露下,昏昏雪意云垂野。
   (2)《青玉案·元夕》《思越人·紫府东风放夜时》。
3. 不能删去,诗人写钱塘上元繁华热闹的景象,是为了仅衬出密州上元的清冷寂寞,表达了诗人对钱塘繁华景象的怀念。

第六讲

2. (1) 夜饮东坡醒复醉,归来仿佛三更。
   (2) 小舟从此逝,江海寄余生。
3. C

第七讲

2. 伤害。
3. C
6. (1) 词牌名;题目。
   (2) 两首词都是伤春之作。《蝶恋花·春景》中苏轼通过对残红退尽、春意阑珊的暮春景色的描写和远行途中失意心境的描绘,借惜春之名,表达出诗人对韶光流逝的惋惜、宦海沉浮的悲叹和颠沛流离的无奈。而《蝶恋花·送春》为惜春之作,诗人将暮春景色描绘得委婉多姿、细腻动人,表达了诗人对春天的眷恋和伤感之情。
   (3) 略

第八讲

2. 原指幽囚之人,引申为含冤之人或幽居之人,此处苏轼自指。
3. A
6. (1) 词牌名;题目。
   (2) 进入;一起。
   (3) ①月光照在院中,如积水一般清明澄澈,水中藻、荇交错纵横,原来是竹子和松柏的影子。②它突然惊起又回首匆匆，心里有恨却无人能懂。

(4) 能体现友情的句子：念无与乐者，遂至承天寺寻张怀民。理由：当苏轼想到没有人能与自己共享这份快乐时，他第一个想到的是张怀民，说明二人之间是能够彼此理解对方的快乐与悲伤的，由此可见，二人之间友谊的深厚。

(5) “幽人”与“闲人”都有自嘲的意味。苏轼本是一个心怀大志之人，但是却因“乌台诗案”被贬，调任黄州。由政治权利中心一下子调到偏远之地，担任一个无足轻重的小官，任谁的心中都会有落差。苏轼为排解自己心中的苦闷，只能寄情于山水之间，在这样的背景下，写下了《卜算子·黄州定慧院寓居作》以及《记承天寺夜游》两首作品。这里的“幽人”与“闲人”看似闲散，实则包含着苏轼对于自己现状的不满，现在的他无事可做，无法可想，充满着自嘲的意味。

第九讲

2. (1) 卷起千堆雪。

(2) 人生如梦，一尊还酹江月。

3. 运用了侧面描写，烘托出周瑜当时的才华横溢，意气风发，突出其风姿。

6. 景物描写方面：都写赤壁之景，但呈现的景物却迥然不同。《念奴娇·赤壁怀古》在词的一开始，便向我们呈现了一幅波澜壮阔，气势宏大的画面。“大江东去”，水波浩荡，滔滔不绝。而古战场之上，乱石参差，水势湍急，拍打江岸。呈现出了极为豪放的景象。而在《前赤壁赋》中，整个景物显得宁静美好，令人心旷神怡。初秋时节，微风徐徐吹拂着人的脸庞，湖面平静，水波不兴。月出后的江面，更是被白雾蒙上了茫茫的一片，显得整个画面更为空明柔美。

情感方面：都抒怀，感情基调又各不相同。《念奴娇·赤壁怀古》一词中，苏轼通过自比为周瑜，来抒发自己报国无门、壮志难酬的感喟和怅惋。而在《前赤壁赋》中，词人通过自己与友人的对话，抒发了乐观旷达的思想，虽说内心苦闷，但是仍在积极寻找出路。

写作角度方面：都写有关赤壁的历史人物，但选取的人物不同。赤壁之战中，交战双方为周瑜与曹操。在《念奴娇·赤壁怀古》一文中，苏轼主要写了胜方周瑜的意气风发，他以少胜多，以弱胜强，以此一战，英明远扬。而在《前赤壁赋》中，苏轼选择了曹操这一方来写，他刚开始破荆州，下江陵，为“一世之雄”，但“困于周郎”，终在时间中逝去，令人唏嘘，为后文自己抒发感叹做铺垫。

第十讲

2.（1）休将白发唱黄鸡。

（2）门前流水尚能西。

3. A

第十一讲

2.（1）夜来幽梦忽还乡，小轩窗，正梳妆。

（2）《蝶恋花·泛泛东风初破五》《西江月·梅花》。

3. C

第十二讲

2.（1）中年亲友难别，丝竹缓离愁。

（2）一任刘玄德，相对卧高楼。

3. B

第十三讲

2.（1）惆怅孤帆连夜发，送行淡月微云。

（2）无波真古井，有节是秋筠。

3. A

第十四讲

2.（1）双龙对起，白甲苍髯烟雨里。

（2）湖风清软，双鹊飞来争噪晚。

3. B

第十五讲

2. (1) 江汉西来,高楼下、蒲萄深碧。
(2) 愿使君、还赋谪仙诗,追黄鹤。
3. D

第十六讲

2. (1) 隐隐遍、长林高阜,卧红堆碧。
(2)《望江南·超然台作》《望江南·暮春》。
3. C

第十七讲

2. (1) 身长健,但优游卒岁,且斗尊前。
(2) 用舍由时,行藏在我,袖手何妨闲处看。
3. D
6. 相似:都表达了对弟弟的思念之情。《沁园春·孤馆青灯》一词写于熙宁七年(1074)七月,苏轼在由杭州移守密州的早行途中,本想在上任之前,途径齐州去看望弟弟,但是未能如愿,其中的失落可想而知,对于想要见到弟弟的渴望亦是显而易见。而《水调歌头·明月几时有》一词则写于熙宁九年(1076),此时苏轼与弟弟已有七年未见,在中秋佳节,家家户户都团圆欢庆之际,对于弟弟的思念怎能不愈加浓厚。
不同:在《沁园春·孤馆青灯》一词中,苏轼回忆了二人年少之时,意气风发的样子,彼时的少年意气与此时的无奈奔波形成了鲜明的对比,抒发了诗人因理想无法实现而产生的愤懑之情。而在《水调歌头·明月几时有》一词中,苏轼围绕中秋明月展开想象和思考,把人世间的悲欢离合之情纳入对宇宙人生的哲理性追寻之中,反映了诗人复杂而又矛盾的思想感情,又表现出诗人热爱生活与积极向上的乐观精神。

第十八讲

2. (1) 忽变轩昂勇士,一鼓填然作气,千里不留行。

（2）白居易的《琵琶行》。

3. 轻柔旖旎；雄壮高扬；悠扬致远。

第十九讲

2.（1）狂。

（2）指西北方的敌人。

3. B

第二十讲

2.（1）林断山明竹隐墙。乱蝉衰草小池塘。

（2）殷勤昨夜三更雨，又得浮生一日凉。

3. A